Alex Gfeller, 2 Das höllische Trio

Verlag:

BoD · Books on Demand GmbH, Überseering 33,

22297 Hamburg, bod@bod.de

Druck:

Libri Plureos GmbH, Friedensallee 273,

22763 Hamburg

ISBN: **978-3-7693-7642-5**

Alex Gfeller

2 Das höllische Trio

Die Meise

Es ist in der Tat nie Hilfe zu erwarten, keinesfalls, von nirgendwo her, so dass diese kindische Erwartungshaltung längst lächerlich geworden ist; das gehört nun mal zu den krassen Erwerbsbedingungen einer Meise, die allein durch Unter- und Auslassungen glänzen, und das weiß sie ganz genau, auch wenn alle andern das Gegenteil behaupten sollten. Sie weiß es einfach besser. Müsste sie hier auf dem Gehsteig nicht stehenbleiben und warten? Doch warten worauf? Und wie lange? Oder sollte sie sich nicht gleich auf die Suche nach dem verschwundenen Ausschussrest und dem Ausschussganzen machen, nach dem Gewürm überhaupt, müsste sie jetzt nicht eine Vermisstenanzeige auf dem nächstgelegenen Polizeiposten aufgeben: Meise vermisst Würmer, Meise sucht Würmer, Meise will Würmer zurück, was alles gar nicht stimmt, noch stimmen kann, oder sollte sie doch einfach nur gemächlich weitergehen, als sei gar nichts geschehen, in der flüchtigen Annahme, oder, besser, in der zweifelhaften Hoffnung, der säumige Ausschuss würde ihr gewiss, wenn auch nur unsichtbar und unhörbar, so doch anstandslos folgen können? Könnte sie also bloß so tun, als habe sie vom längst erwarteten Verschwinden des ganzen Wurmausschusses noch gar nichts bemerkt? Würde sich das aktuelle Problem folglich ohne weiteres und wie von selbst erledigen, rundweg logisch und irgendwie organisch, also gewissermaßen automatisch? Wäre daraufhin die ganze Aufregung nicht völlig umsonst gewesen? Oder wird die Meise die Würmer für die Dauer der laufenden Unternehmung unter Umständen überhaupt nicht mehr zu Gesicht bekommen, etwas, was sie sich übrigens insgeheim und nur für sich selber inniglich wünscht? Nie mehr Würmer! Ein Leben ohne Würmer! Eine Welt ohne Würmer! Ein Universum ohne Würmer!

Eine Weile sinnt sie dieser verlockenden Vorstellung nach, denn dies wäre ihr tatsächlich die liebste aller denkbaren Varianten; sie entspräche eindeutig ihrer Traumvorstellung und käme ihrem unausgesprochenen Ideal entschieden am nächsten, denn selbst ein einziger, wurmfreier Tag löst bei ihr rundweg die höchsten aller Gefühle aus: Glück und Freude. So tief ist sie beruflich bereits gesunken; den Ausschuss einen ganzen Tag lang nicht mehr sehen zu müssen, käme für sie tatsächlich einem unerwarteten Geschenk gleich.

Wir erkennen hierbei leichterhand das Ausmaß der meisischen Not, das Gewicht des meisischen Leidens und den Umfang des ganzen meisischen Elends, und man merkt schnell: Erst als Meise lernt man die Würmer als solche und deshalb natürlich auch einen ganzen, ausgewachsenen Wurmausschuss richtig zu hassen. Das mag in der Tat eine unerwartet bittere meisische Grunderkenntnis auf der Basis einer ätzend langjährigen Grunderfahrung sein, die sich indes in den allermeisten Fällen viel zu spät einstellt, nur weil man sie sich lange Zeit gar nicht erst ein- und zugestehen will, weil das meisische Verdrängungspotenzial naturgemäß unausweichlich und unübersehbar gigantisch sein muss, um die geeignete Wirksamkeit zeigen zu können. Die Meise ist nicht nur ungehalten, sie ist jetzt auch noch wütend und empört zugleich. Womit muss sie sich auch noch im gesetzten

Alter beschäftigen! Womit muss sie sich als erfahrene Meise täglich herumschlagen! Womit hat sie diesen ganzen Wurmdreck überhaupt verdient? Kann man so etwas Entwürdigendes von ihr eigentlich noch verlangen? Sind solch garstige Erwerbsbedingungen einer erfahrenen, langjährigen und recht abgebrühten Meise überhaupt noch zumutbar und sehr konkret zuzumuten? Ist dieses unkalkulierbare und auch überaus verwerfliche Geschehen nicht längst zu einer arbeitsrechtlichen Grenzüberschreitung verkommen, zu einem ornithologischen Fanal, zu einem vogelrechtlichen Ausnahmefall, zu einem meisischen Desaster und somit zu einer völlig unzulässigen Meisenplage, bzw. zu einer unstatthaften Würmerplage? Müsste eine jede tapfere Meise solcherlei nicht stolz und entschieden zurückweisen dürfen, und könnte sie, zum Beispiel, zu Händen einer Internationalen Vogelrechtskommission, angesichts dieser pausenlosen Beleidigungen, unablässigen Demütigungen, konstanten Bedrohungen und fortlaufenden Entwürdigungen nicht einfach erklären: „Damit habe ich nichts zu tun. Das geht mich nichts an. Das liegt weit jenseits all meiner Kompetenzen und Aufgaben. Das muss ich mir nicht bieten lassen, und gefallen lassen schon gar nicht! Ich werde mich damit gar nicht erst befassen, noch werde ich solcherlei jemals wieder mitmachen. Das liegt weit unter meiner Würde eines grenzüberschreitend anerkannten Sing- und Ziervogels mit naturgeschütztem Status!"

Tatsache ist: Die Meise hat nunmehr den ganzen ameisischen Wurmausschuss, die gesamte Wurmheit, das komplette Würmertum, also all das widerwärtige Drecksgewürm und Drecksgesocks endgültig aus den Augen verloren, mitten im Gewimmel einer fremden Stadt, leider nicht gleich auch noch aus dem Sinn verdrängt zwar, doch zumindest aus dem unmittelbaren optischen Kontaktbereich, in welchem sie unter guten Bedingungen und gelungenen Voraussetzungen sogar ansatzweise arbeiten könnte und phasenweise auch tatsächlich arbeiten würde, wenn auch immer nur in sinnlosen Ansätzen und zudem nur sehr sprunghaft, also äußerst ineffizient und somit wenig nachhaltig. Noch gestattet sie sich aber, diese nüchterne Überlegung zu machen, das

weiß sie genau, denn diese Situation kennt sie
bereits zur Genüge: Es ist beileibe nicht das
erste Mal, dass ihr dieses peinliche Missgeschick widerfährt; so gesehen könnte sie sich
jetzt beruhigen und sich erleichtert einreden:
«Das wird sich gewiss wieder geben, liebe
Meise, das wird sich füglich fügen, die Dinge
werden sich wie von selbst wieder einrenken
und intuitiv ihren richtigen Weg finden, und
das Unternehmen wird deshalb schon bald
wieder seinen gewohnten Verlauf nehmen
und seinen üblichen Gang gehen. Die Würmer
selber werden wie üblich irgendwann mal
ganz ahnungslos wieder auftauchen und völlig unbeteiligt aufkreuzen, äußerlich höchst
erstaunt ob meiner sinnlosen Aufregung und
unnötiger Sorge.»

Sie wiederum, die Meise also, wird das
verdeckte, böse Spiel unwillig aufnehmen,
denn sie wird das ganze Theater zwangsläufig
mitspielen müssen, wird somit ebenfalls so
tun, als sei gar nichts geschehen, wird mit
steinerner Miene weitergehen, wie bereits geschehen, wird tapfer voranschreiten und das
Pflichtprogramm der aktuellen Unterneh-

mung genau wie vorgesehen abspulen und durchziehen, wird es ungerührt hinter sich bringen, wird es somit schon bald abhaken dürfen und noch am späten Abend ein überaus wohltuend warmes Bad nehmen können, sozusagen als Belohnung, ein angenehm duftendes Entspannungsbad mit Mangocream, Papayajuice, Lavendelduft und Eukalyptuskonzentrat, und sie wird gleich danach ganz aufgeweicht und erschöpft ins frisch gemachte Nestchen sinken, ohne sich vorher noch die Spätausgabe der Tagesschau angeschaut zu haben, wie dies ansonsten üblich wäre.

Nun denn, alles halb so schlimm, Alte, winken die Unbeteiligten und Wankelmütigen in ihrer vage angedachten Überheblichkeit ab, die Zuschauer, die Mitleser, die Beisitzenden, die Nachtragenden und die stillen Beobachter. Die geplagte Meise wird gewiss keinen Schaden davontragen, weder einen physischen, noch einen psychischen. Dies nimmt auch sie selber reichlich verharmlosend, doch deutlich unsicher an, auch nicht einen moralischen Defekt oder gar einen ethischen Zielkonflikt wird sie davontragen, und

auch das antimeisische, also das ameisische
Gewürm wird wohlweislich den Mund halten,
denn es wird ausreichend Grund dazu haben:
Es wird sich unbeschwert und ungehindert am
reichlichen Diebesgut erfreuen wollen, an der
lohnenden Ausbeute eines weiteren, erfolgrei-
chen Raubzuges durch viele unbekannte Warenhäuser mit ihren verlockenden Angeboten,
in fremden Häusern also, wo der Überwach-
ungscomputer, wie angedeutet, die Gesichter
der einzelnen Würmer noch nicht digital erfasst, gespeichert, analysiert und klassifiziert
hat und deshalb auch noch nicht automatisch
erkennt, wo er ihre Personalien noch nicht gespeichert hat und wo ihre biometrischen Daten noch nicht blitzschnell abgerufen werden
können, noch ihre genetischen Merkmale,
nicht einmal ihre Fingerabdrücke, und alle
werden sie sich anschließend ganz entspannt
auf die Schulter klopfen und erleichtert sagen
können: „Alter, das ist ja ganz gut gegangen
heute; alles hat reibungslos geklappt, Mann,
niemand ist verloren gegangen, nichts ist
krumm und schief gelaufen, niemand hat die
Alarmanlage ausgelöst und keiner ist zu Schaden gekommen, Dude, und auch die Sprin-

kleranlage ist ja noch intakt. Was wollen wir mehr? Es haben keine wilden Verfolgungs-rennen durch alle Etagen des bekackten Ladens stattgefunden, noch hat eine gewalttätige Überwältigung stattgefunden, auch keine unvorhergesehene Verhaftung, nicht einmal eine stundenlange Befragung, auch keine heftigen und gezielten Schläge auf Kopf, Geschlechtsteile und Rücken, keine Elektroschocks, keine öffentliche Auspeitschung, kein rüdes Händeabhacken, auch keine Steinigung, keine spontane Hinrichtung, auch kein sonstiger übler Konflikt mit dem Bodenpersonal, keine Brandstiftung, keine Explosion und auch keine Vergewaltigung, keine wilden Prügeleien mit dem Verkaufspersonal oder spontane Racheakte an der Kasse, keine Zirkumzision, auch keine Klitoridektomie und somit absolut kein Stress heute! Alter Schwede, alle sind wohlbehalten zurück und wohlauf, reich beschenkt und reichlich behangen mit allerlei Hehlerware, mit Edeltand, silbernen Blinkern und güldenen Klunkern und somit reich belohnt und in den Augen aller Daheimgebliebenen und deshalb leer Ausgegangenen reichlich begünstigt. Weder haben wir Druck machen müssen, noch auf Terror gehen, und auch der ganz gewöhnliche Drogenhandel hat sich in der fremden Stadt überaus erfreulich abgewickelt und ausgiebig ausbezahlt. Wir haben auch diesmal wieder ausnehmend fette Beute und happige Gewinne zu unseren Gunsten gemacht; das dürfen wir freudig festhalten und ruhig feiern. Das diesjährige Unternehmen hat sich wirklich wieder einmal gelohnt und erfreulich ausbezahlt, genau wie erhofft, wie ausbedungen, wie abgemacht und wie vorgesehen, du Sitzpinkler und Turnbeutelträger! Und auch die Meise hat sich anständig aufgeführt und von alledem nichts bemerkt. Alles im Rahmen, du Warmduscher und Kampfwichser, alles absolut vollfett astrein, glasklar endgeil und vollkorn paletti, Dude!"

So glatt und nahtlos wird die Unternehmung möglicherweise ausgerechnet diesmal nicht verlaufen, befürchtet die Meise indes voller dunkler Vorahnungen; sie wird vielleicht für einmal nicht so spurlos und auch nicht so schadlos und konfliktfrei enden, denn einmal, so das unüberwindliche mathematische

Gesetz der nahezu unwiderlegbaren Wahrscheinlichkeit, wird es anders ausgehen müssen; einmal wird wie bei jedem Glücksspiel die Glückssträhne abbrechen und zu Ende gehen, und das Pech wird die Meise fortan unerbittlich verfolgen wie ein Hundedreck an der Schuhsohle. Eine Pechsträhne wird an ihr klebenbleiben und nicht mehr zu entfernen sein, bis alle Kredite aufgebraucht und alles Wohlwollen erschöpft sein werden, das heißt, bis alles Ansehen endgültig ramponiert ist, muss sie völlig zu Recht befürchten.

Diese eine Unternehmung wird somit möglicherweise gesetzmäßig schieflaufen müssen, denn wenn etwas schieflaufen kann, dann wird es irgendwann mal zwangsläufig schieflaufen, so besagtes mathematisches Gesetz, darauf können Sie setzen. Es wird womöglich schlimm enden, und die Meise wird plötzlich, wie längst befürchtet, ganz alleine dastehen, splitternackt und vor aller Welt bloßgestellt, bar aller Hilfe, bar aller Unterstützung, zudem ohne Freunde, denn Freunde hat man nur, solange alles reibungslos und easy läuft. Alle Schuld wird in der Folge ausschließlich ihr, der Meise aufgebürdet werden, denn eines ist ihr klar: Den Wurmausschuss trifft keine Schuld, denn ihn trifft nie eine Schuld, da ihn gar keine Schuld treffen kann, weil das gar nicht so vorgesehen ist. Und auch das Protektorat kann keine Schuld treffen, niemals, denn das Protektorat ist gar nicht dabei und hat damit gar nichts zu tun. Die ganze gegenwärtige Unternehmung ist nun mal ihre, der Meise Unternehmung, und nur die Ihre, und demzufolge liegen alle diesbezüglichen Verantwortlichkeiten ausschließlich bei ihr selber; es sind somit eindeutig und ausschließlich ihre und niemandes Verantwortlichkeiten sonst. So rigoros lauten die eisernen ornithologischen Spielregeln, welche die Meise im Übrigen natürlich nicht selber festgelegt hat, noch jemals wachen Sinnes gebilligt hätte; das ist sozusagen das Kleingedruckte in einer mehr als nur ungemütlichen Meisenwelt, wo es praktisch nur Kleingedrucktes gibt, wenn man so will. Doch genau so lauten die ungeschriebenen Anstellungsbedingungen und unausgesprochenen Erwerbsvoraussetzungen für Meisen aller Art nun mal: Wenn etwas schief läuft, dann haftet

ausschließlich die Meise selber, und zwar voll
und ganz.

Das ist eine deutliche und unumstößliche
Tatsache und zudem ein entscheidender
Grund zu durchaus berechtigter Furcht und
Bange, wenn nicht gar, wie in unzähligen
traurigen, meisischen Fällen, zu nackter
Angst oder zu offener Panik und zu spontanen
Selbstentleibungen, auch das kommt zuweilen vor, zweifellos, denn Furcht, respektive
zügellose Angst oder gar grenzenlose Panik
erfasst eine Meise nun mal sehr schnell,
schneller jedenfalls, als ihr jemals lieb sein
könnte, und zudem umso heftiger, je länger
sie in diesem verhassten Meisenbusiness
steckt, umrahmt von der ihr bestens bekannten Ratlosigkeit und begleitet von einer ab-
grundtiefen Verlegenheit – eine mehr als nur
unheilvolle Mischung, wie wir uns gut vorstellen können, die einen jeden tierischen
Mob, einen jeden launischen Plebs zu einer
öffentlichen, affektiven Strangulierung von
allen unschuldigen Meisen geradezu einlädt.
Diese hartnäckige Verlegenheit geht zudem
ganz organisch aus ihrer beruflichen Hilf-

losigkeit hervor, und diese wiederum entsteht aus dem Gefühl heraus, in aller Öffentlichkeit unausweichlich versagen, also sozusagen gesetzmäßig öffentlich verfehlen und coram publico Schiffbruch erleiden, will heißen, scheitern zu müssen. Wir haben hier die klassische griechische Tragödie mit einer eingebauten göttlichen Vorsehung, wenn Sie so wollen, und all dies erst noch gratis und franko.

Das mag für Außenstehende zuweilen amüsant wirken; doch eines ist der Meise jedenfalls klar: Sie hat tatsächlich versagt, sie ist wieder einmal mehr als deutlich sichtbar am laufenden Unternehmen gescheitert, sie ist den widrigen Umständen widerstandslos erlegen, und offensichtlich ist die ganze Unternehmung bereits fehlgeschlagen, noch bevor sie richtig begonnen hat, so wie die Meise fast jedesmal klar und deutlich unterliegt, wenn während einer Unternehmung etwas schief läuft. Genau dafür wird sie unweigerlich zur Verantwortung gezogen werden müssen, wie wir uns leicht vorstellen können.

Das Gefühl zu versagen verfolgt sie nämlich ständig und lässt sich nimmermehr aus ihrem kläglichen Meisenleben wegkonzipieren oder auch nur wegdiskutieren; es ist permanent vorhanden und beherrscht das ganze Denken und Fühlen der armen Meise auf geradezu unerhörte Art und Weise. Es ist somit als moralische Belastung mehr als deutlich spürbar, dieses zermürbende Gefühl, Tag und Nacht, also pausenlos, bis hin zu traumatischem Besatz und neurotischem Aus- und Aufschlag.

Dieses stets ausschließlich von außen, hauptsächlich vom durchaus böswilligen Protektorat aufgesetzte Schuldbewusstsein überdeckt als voreiliges Schuldbekenntnis mit grausamer Macht jedes andere denkbare und undenkbare Gefühl einer jeden Meise, belastet die geplagte Meise mit den tonnenschweren Gewichten einer jeden von außen aufgesetzten Schuldhaftigkeit und wird umgehend zum Kraftraum einer gestörten Sensibilität, zum Boxkeller verletzter Gefühlslagen und zum Sägemehlring hoffnungslosester Hilflosigkeit, mehr als nur leichterhand aufgebürdet und leichterdings aufgenommen, leichtfertig und leichtsinnig gar, und es ist in der Folge auch nie mehr abzuschütteln, noch abzutragen, dieses Drecksgefühl, wie wir jetzt völlig zu Recht befürchten müssen. Die Lage ist verheerend und die Situation wahrhaft unzumutbar, kann man bereits jetzt füglich festhalten, und die harten Tatsachen sprechen wieder einmal alle eindeutig gegen die Meise.

Die misslichen Umstände sagen uns ja bereits restlos alles, der bedauernswerte Zustand der ganzen Unternehmung spricht Bände, und wie immer man die wahrlich beelendenden Dinge drehen und wenden möchte, wie immer man vielleicht sogar helfend einzugreifen geneigt und die nackten Tatsachen allenfalls zu übersehen versucht wäre: Die Meise steckt wieder einmal ganz tief im meisischen Schlamassel, vielleicht sogar tiefer als jemals zuvor. Sie irrt soeben irritiert durch die Straßen einer mittelgroßen, fremden Stadt, bereits jetzt blicklos, ratlos, gefühllos und wirklich wie von Sinnen. Sie weiß nur eines, dies aber mit absoluter Gewissheit: Niemand kann ihr helfen, und niemand wird

ihr jemals helfen, noch helfen wollen, denn
sie hat niemanden, der ihr jemals hilfreich zur
Seite stünde; sie kennt zudem absolut niemanden, der überhaupt jemals auf ihrer, also
der Meise Seite gestanden hätte, noch jemals
stehen möchte und auch nie freiwillig stehen
würde, selbst dann nicht, wenn er oder sie
durchaus könnte, warum und wozu auch immer, auch und ganz besonders nicht die
anderen Meisen, also die gesamte, großspre-
cherische Meisenschar mit ihrem völlig lach-
haften Verharmlosungszwang und morbiden
Rechtfertigungsdruck voller restlos verloge-
ner Unschuldsbeteuerungen, also all die so
genannten Meisenkolleginnen und -kollegen,
all die falschen Meisenfufziger, die eigentli-
chen Konkurrenzmeisen, die ungeliebten Mitmeisen in ihrer ausgesprochen meisanthropi-
schen Ameisenhaftigkeit, genau die ganz gewiss nicht, die übrige Meisenheit also, das
bescheuerte Meisentum generell, die bekackte
Meisität überhaupt, das selbsternannte Über-
meisentum, kurz, das restlos beschissene Meisengesocks in corporc. Das können Sie gleich
verabschieden, und zwar das gesamte, verlo-
gene Meisengedöns, das kommt hier nicht

einmal zur Sprache, so bedeutungslos ist es, denn das hat für die Meise gar keinen Wert und auch gar keinen Sinn, hat keinen Nutzen und ist auch keine Stütze, noch ein wirklicher oder auch nur supponierter Halt. Das ist ein Nichts, ein Schwarzes Loch; es hat keinen Belang und keinen Bezug, hat keine Geltung und keine wahre Größe, noch echte Güte, also keinen Charakter, aber auch keinen Inhalt und keine Form und ist somit ganz gewiss keine Hilfe für unsere geplagte Individualmeise; das können wir also getrost vergessen.

Jetzt ist es gesagt. Die verhassten Mit-meisen stehen ihr gewiss nicht bei, stehen ihr nie bei, niemals, jedenfalls nicht so, wie man dies als Außenstehender, als Unbeteiligter, als Zuschauer, als Uneingeweihter, als Ahnungs-loser in Unkenntnis der vielen Tatsachen in aller Leichtgläubigkeit gutgläubig meinen möchte. Ganz im Gegenteil: Alles kann nur noch schlimmer werden. All die anderen Mei-sen nämlich, die ganze bekackte Meisenschar per se, also die übrige Meisenmischpoke, das gesamte Meisenpack, das Meisengesindel überhaupt, die ganze, restliche parasitäre Meisenschaft, nicht wahr, also das grundsätzlich antimeisische Meisentum schlechthin, die Ameisen also, insbesondere und explizit aber das heimtückische und verräterische Meisenkollegium selber, also ihr, der Meise persönliches Kollegium, nota bene, das sie gewiss nicht verdient hätte, das ganze, üble Meisengesocks also: Es wartet nur gespannt und gierig darauf, dass sie, die arme Meise, endlich möglichst spektakulär durchdrehe, ausraste, zusammenklappe, durchfalle, absakke und möglichst final untergehe. Daraufhin kann es nämlich wieder einmal froh sein, oft sogar auch noch voller Schadenfreude, dass es nicht selber erwischt worden ist, aus dem Weg und aus dem Sinn, nichts weniger als das; einzig danach steht all sein Sinnen und Trachten, all sein Wünschen und Wollen, all sein Lechzen und Sabbern, all sein Wichsen und Wachsen, denn es sucht wirklich nur die Sensation, die Attraktion, das Ereignis und die übermeisische, ultimative Galanummer, den sensationellen Gesprächsstoff, den Salto mortale, also die ultimative Sensation, und es will immer gleich reinen Tisch und gleichzeitig den sauberen Abgang, man mag es kaum glauben.

Doch einzig darin bestehen die ganze meisische Geilheit und wahrscheinlich gleich auch noch die einzige und wahrhaftige sexuelle Befriedigung einer bescheuerten Mitmeise schlechthin, die erotische Erfüllung, die feuchten Träume, die masturbatorischen Vorbilder, die libidinöse Bestallung und somit die existenzielle Bestätigung, denn so krank und so leid sehen die wahren psychohygienischen Zustände eines ganz gewöhnlichen Mitmeisentums aus, und so übel stehen deshalb die Dinge für die Meise selber, müssen wir erschrocken einsehen, so unerhört unfavorabel und so extrem bedauerlich. Es ist nämlich wirklich niemand weit und breit zu finden, noch nah und fern, der dazu ausersehen oder gar auserkoren wäre, der schwer geprüften Meise in diesen schweren Stunden beizustehen, ihr in diesen allerschwärzesten Zeiten mit Rat und Tat zur Seite zu stehen und hilfreich zur Hand zu gehen, denn gerade das hämische Meisenpack, das eigentlich dazu ausersehen wäre, die arme Meise vereint zu unterstützen und verbündet zu befördern, ihr gemeinsam beizustehen, sie also vereint zu tragen, sie einträchtig zu umsorgen und ihr brüderlich zu helfen, ihr solidarisch beizustehen und sie nicht zu betrügen, noch zu täuschen oder wohlfeil zu hintergehen, wie dies bereits der ganze Wurmausschuss und natürlich auch das lüsterne Katzenprotektorat geschlossen und ganz selbstverständlich tun – gerade das selbstherrliche Protektorat, das doch eigentlich für Unterstützung aller Art rein institutionell vorgesehen wäre, das sich zumindest amtlich und behördlich dazu berufen fühlen könnte, das sich verwaltungsmäßig und administrativ als auserwählt betrachten müsste und sollte, das der hart geprüften Meise zumindest konzeptionell und strukturell beiseite zu stehen hätte, wenn nicht gar ideell oder auch nur ganz konventionell, das ihr jedenfalls und allenfalls ganz praktisch zu helfen und mit ihr zusammenzuarbeiten hätte – ausgerechnet das steht stets eisern und geschlossen gegen sie, gegen die wehrlose Meise, bleibt unverrückbar abseits als ein ausgesprochen feindseliger Verteidigungsblock, kompakt, schwergewichtig, unerschütterbar, allzeit uneinsichtig und immerzu extrem ablehnend gestimmt, ein übermächtiger, düsterer, blutrünstiger Gegner voller Tadel, Besserwisserei und pausenloser Bedrohung, ein Berg voller Hass, Häme und Verdammnis, voller Unbelehrbarkeit und Verbohrtheit, voller Rechthaberei und Unerschütterlichkeit in all seiner ganzen Haarspalterei und Erbsenzählerei, in seiner vollen Korinthenkackerei, Wortklauberei und Schildbürgerei, und das zudem stets voller aggressiver Gewaltbereitschaft in aller hündischen Verlogenheit, Feigheit und offensichtlichen Schadenfreude. Alle andern, also wirklich alle andern Katzen, Meisen und Würmer, sowie die ganze Vogelwelt überhaupt, ja, die ganze Tierwelt insgesamt, Brehms Tierleben in globo, sie alle freuen sich bereits jetzt von ganzem Herzen über ihr, der Meise fortlaufendes Missgeschick, dessen können wir versichert sein, denn sie lechzen geradezu nach frischen Sensationen und neuen Skandalen für alle Treppenhäuser und Wirtshaustische, für alle Stillen Örtchen und verschwiegenen Konditoreien und für alle Ehebetten, seien es nun die eigenen oder die fremden, für alle Waschküchen und abseitig langen Telefonate im Stehen, im Abseitsgehen, im Durch- und Ausstehen im ganzen Quartier.

So liegen die bedauerlichen Dinge für die Meise, davon kann man getrost ausgehen, denn genau so zeigen sich jetzt auch bereits die beklagenswerten Umstände, und es gibt nicht wenige unter den ameisischen Dauerverfolgern, die in ihrer inkurablen Krankhaftigkeit und krankhaften Inkurabilität der Meise von ganzem Herzen sogar noch zusätzliches Ungemach gönnen möchten, noch mehr Beschwernis als überhaupt jemals denkbar und möglich sind, man mag es eigentlich kaum glauben, nur weil die naive Vorstellung den harten Tatsachen und kranken Gegebenheiten weit hintennach hinkt.

Darunter sind auch Vögel zu finden, die sie, die Meise, gar nicht persönlich kennen können und nicht einmal zu kennen glauben wollen, denn auch die wünschen der Meise ganz generell, grundsätzlich und seit jeher alles erdenklich Schlechte, alles denkbar Böse und alles unvorstellbar Gemeine, also rundweg alles, was für sie an persönlichem Schaden noch knapp erlebbar und zumindest theoretisch nachvollziehbar wäre, dessen müssen wir stets gegenwärtig bleiben, denn es sind derer nicht wenige, die der Meise aus reiner Grundsätzlichkeit und absoluter Linientreue Böses wollen, auch wenn uns in unserer ganzen Ratlosigkeit nicht auf Anhieb einfallen mag, warum diese bedauernswerte Sachlage überhaupt so niederschmetternd ist und bleibt und offenbar so entwürdigend sein muss, wie sie ist, warum und wozu auch immer.

Doch hauptsächlich (man mag es sich gar nicht erst konkret oder wenigstens sinnbildlich ausmalen, dermaßen widerstrebt einem allein die flüchtige Vorstellung) sind es in erster Linie tatsächlich die Mitmeisen in ihrer ganzen Hinterhältigkeit und Bösartigkeit selber, die unserer bedauernswerten Meise alles Schlechte wünschen, die komplette Meisenschaft also, das ganze Meisenpack, das ist eindeutig, der vollständige, ornithologische Verein in seiner prächtigen Artenvielfalt schlechthin, kurz, die ganze Meisenkonkurrenz, ja, ausgerechnet sie, die verschlagene

Meisenkonferenz. Sie ist es unverständlicherweise, die unserer Meise aus purem Neid und
aus purer Missgunst ausgesprochen böswillig
das gesamte Unglück dieses Planeten an den
Hals wünscht, man kann es gar nicht anders
ausdrücken, ebensowenig, wie man dieses
wahrhaft erschütternde Phänomen jemals
wirklich zu verstehen vermöchte. Ist es tatsächlich bloß Futterneid? Sind es bestimmt
nur leidige Revierkämpfe? Geht es einzig und
allein um eine unsichtbare Hackordnung und
um eine versteckte Rangliste unter dieser
wahrlich bedauernswert vom Neid zerfres-
senen Meisenpopulation? Geht es vielleicht
sogar um eine versteckte ameisische Aus-
merzaktion? Um eine rassische Flurberei-
nigung? Um ein Meisenpogrom? Um eine
paristische Totalverfolgung? Um einen Mei-
sengenozid? Wer weiß das schon?

Wie auch immer: Das längst voraussehbare
Unheil könnte gar nicht bunter, schriller und
greller daherkommen, es könnte gar nicht
geschmackloser werden, als es jetzt schon un-
widerruflich ist; so fatal liegen bereits jetzt all
die still vor sich hinfaulenden Dinge bereit,

meine Damen und Herren. Das Drama kann beginnen.

Wir möchten, wie bereits kurz angedeutet, an dieser Stelle nicht allzu lange darüber spekulieren müssen, noch überhaupt allzu lange darüber nachdenken wollen, warum das wohl so ist und warum das möglicherweise so sein und auch so bleiben muss, doch wir wünschen, die vielfältigen und zuweilen obskuren Hintergründe nicht einfach unerwähnt zu lassen. Diese an sich völlig unverständliche, aber generelle, mutuelle, meisische Feindseligkeit, dieses stets nur unterschwellige Alle-gegen-alle, also diese rundweg unverständliche und unerklärliche vögelische Niedertracht, selbstverständlich stets in aller rechtlichen Korrektheit und juristischen Unangreifbarkeit, diese abgrundtiefe, gegeseitige Gemeinheit unter Meisen, dieses mutuelle Übelwollen also, zudem stets auch noch plakativ in aller vorgetäuschten, meisischen Rechtschaffenheit, Ehrbarkeit und Achtbarkeit gehalten und deutlich gegen außen hervorgekehrt, dieses biologisch, dynamisch und verhaltenstechnisch so gnadenlose und erbarmungslose

Zerstörungs- und Vernichtungsdenken in aller vorgegebenen Korrektheit, in aller meisischen Treu und Redlichkeit, so grotesk und haarsträubend sie uns erscheinen und so unverständlich sie uns in ihrer ganzen, täglich ausgelebten Bösartigkeit vorkommen mögen, diese geradezu schreiende, ornithologische Charakterlosigkeit also, die indessen von den Meisen selber verständlicherweise jederzeit vehement abgestritten und mit Empörung weit von sich gewiesen wird, ist einfach gegeben, gesetzt und gefügt und somit eine rundweg unwiderlegbare Tatsache. Darum kommen wir bei unserer Beurteilung und Bewertung einfach nicht darum herum, selbst dann nicht, wenn wir damit in den Ruf von Persekutionsphobien geraten. Wir müssen sie widerstrebend hinnehmen, müssen sie leider als feste Größe, als gegebenen Faktor widerwillig annehmen, müssen sie vielleicht sogar als eine meiseninhärente Kondition einräumen, als meisenspezifische Sachlage oder sogar als einen verdammten, mathematischen Meisenkoeffizienten schlechthin, müssen ihn wenn auch nicht gleich billigen und begrüßen, so doch zerknirscht akzeptieren, selbst wenn diese gewiss unfreiwillige Billigung gegen alle unsere ornithologischen Vorstellungen, gegen unser ganzes promeisisches Wunschdenken und somit gegen all unsere zutiefst persönliche Überzeugung angehen mag und in uns selber verständlicherweise nichts als Abscheu, Ekel und Degout auslöst.

Davon müssen wir heute leider ausgehen; es bleibt uns nichts anderes übrig. Es hat dies alles, ganz nebenbei und grob gesagt, in seinen Ursprüngen fast ausschließlich mit Neid und Missgunst zu tun, also mit eindeutig niedrigen, also tierischen, in diesem Falle mit avesisch-ornithologisch-volatilen Instinkten, auch wenn dieses vielleicht etwas vorschnelle Urteil in seiner ganzen Unverständlichkeit in einigen empfindlichen Ohren allzu krass klingen möchte, doch nur um anzutönen, in welche Richtung man seine Vorstellungskraft zu richten hätte, falls man darüber Näheres vernehmen und erfahren möchte, sei dieser vage Hinweis an dieser Stelle überhaupt erstmals erwähnt, wenn man es denn aus unerfindlichen Gründen angemessen fände, für einmal in den innermeisischen Abgründen

zu bohren oder auch nur im ornithologischen
Abfall zu wühlen, um die avesische Volière
auszumisten, oder aber gleich in der ganzen
parasitären Vogelwelt ziellos herumzusump-
fen, in der überaus vielfältigen Welt all der
kriecherischen Schlamm- und Sumpfvogelar-
ten, in den überaus unappetitlichen Bereichen
der vielen feigen Schlammläufer und schmut-
zigtrüben Sumpfdrosseln, der abstoßend hin-
terlistigen Schlammschlemmer und überaus
trägen Sumpfschnepfen, wenn nicht gar in der
verdorbenen Welt der überaus heimtücki-
schen Schlickschnäpper, nur um diesbezüglich auf eine möglichst einleuchtende Antwort
zu kommen, die zugegebenermaßen trotzdem
nicht in allen Teilen auch nur annähernd
befriedigend ausfiele. Doch, wie gesagt, es
handelt sich hierbei nur um eine flüchtige An-
näherung, nur um eine vage Andeutung, um
mehr gewiss nicht, und wie schon einmal
aufgeworfen: Wir wandeln hiermit am Rande
einer gefährlichen Klippe zu den wahren
ornithologischen Abgründen, und es ist durchaus verständlich, wenn wir schon bald einmal das dringende Bedürfnis verspüren, mit
zugeklemmter Nase möglichst schnell und

unversehrt von diesem ungastlichen Ort weg-
zukommen und endlich etwas frische Luft zu
schnappen. Das ändert überhaupt nichts an
der längst erwarteten, sehr bedauerlichen Tatsache, dass sich die Meise jetzt endgültig
nicht mehr zu helfen weiß. Sie kennt das
Gefühl, sie erkennt auch den blamablen psychischen Zustand genau, und sie versteht
sogar, entgegen allen Erwartungen, die
fatalen Mechanismen, die dazu geführt haben.

Dies sind indessen Mechanismen, die sie
nicht zu ändern verstünde, die Meise, und
man erahnt auch bald einmal deren fatale Folgen, die sie nicht einmal abzuwenden vermöchte. Sie durchschaut zwar ebenso klar
deren innere Ursachen, die sie nicht zu be-
einflussen gedächte, weil all dies gewiss nicht
in ihrer, der Meise Macht läge, noch in ihrem
bescheidenen, meisischen Vermögen, und sie
sieht sogar die mannigfachen üblen Auswir-
kungen voraus, die sie leider auch nicht ver-
hindern könnte. Doch sie hat genau diese
Situation schon so oft erlebt, zu oft, um genau
zu sein, dass sie sich darin bestens auskennt,
und so gesehen, ist das, was ihr soeben

zugestoßen ist, gewiss nichts Neues für sie, noch etwas gänzlich Unbekanntes und bestimmt auch nicht etwas Unvorhergesehenes oder gar Unvorhersehbares, falls uns diese beiläufige Information etwas zu beruhigen vermöchte. So schlimm ist es nun doch nicht, redet sie sich im Gehen deshalb ständig ein, wie um sich selbst zu beschwichtigen, eher unbewusst, denn bewusst. Nur kann sie auch bei vollem Bewusstsein nicht bis zum Kern der Sache vordringen, kann willentlich nicht auf den Punkt kommen, kann auch bei nachsichtigem Verständnis nicht mit einem rettenden Ausweg rechnen, denn wie sollte das geschehen können und was müsste sie dafür tun, nur um wieder zu ihren schrecklichen Würmern zu kommen, nur um von denselben allenfalls angehört, angeschaut und somit angesehen, also bestenfalls beachtet zu werden, gerade jetzt, da sie auch noch den letzten Sichtkontakt zum hemmungslosen Wurmausschuss in dieser vermaledeiten Stadt verloren zu haben scheint? Die Meise versteht wahrscheinlich gar nicht mehr, muss man befürchten, dass sie sich in einer vollends ausweglosen Lage befindet, zu der sie selber im Übrigen gar nichts beigetragen hat, zu der sie gar nichts hätte beitragen können, noch jemals etwas beigetragen haben möchte oder aus freien Stücken beitragen würde, denn dazu wurde sie genötigt, und alles vernunftmäßige Überlegen wird nicht ausreichen und wird ihr auch niemals helfen können, wieder in eine kommode Lage zu kommen, nur weil die angedrohte Verantwortlichkeit sie schon seit jeher zu glauben zwingt, sie alleine hätte dieses offensichtliche Chaos verursacht und somit zu verantworten, kurz, sie sieht keinen Ausweg, kein Ende, keinen Sinn, keinen Zweck und kein Ziel mehr.

So bedauerlich stehen die Dinge in der Tat. Bereits überlegt sie sich, ob sie nicht endlich einfach endgültig abhauen sollte, und zwar nicht nur rein psychisch, wie gewohnt, also nur mental, nur theoretisch, nur konzeptionell, virtuell und ideell, sondern diesmal gleich auch physisch, also real und konkret, also körperlich komplett, radikal und total, also richtig. Sie kennt zwar als gewöhnliche, kleine Meise nicht viel anderes auf dieser Welt als ihr gewohntes, ungeliebtes Umfeld und somit nicht viele alternative Lebensräume oder disponible Lebenskonzepte; sie kennt eigentlich überhaupt nichts anderes, nicht einmal andere Meisen, um ehrlich zu sein, weil sie bislang stets den persönlichen oder gar privaten Umgang mit anderen Meisen aus reiner Abneigung gemieden hat, und das heißt konkret: Sie wüsste beim besten Willen nicht, wohin sie sich zu wenden und an wen sie sich zu richten hätte, kurz, wohin sie fliehen sollte, geschweige denn, wo sie Zuflucht und vielleicht sogar so etwas wie Geborgenheit fände, Schutz, Obhut, Obdach, Unterschlupf, Sicherheit, Bleibe, Asyl, all das, nicht wahr? Nein, nichts von alledem; eine Flucht ist für sie rundweg undenkbar und somit reineweg unvorstellbar, basta. Sie ist zwar tatsächlich bereits mehrmals ausgeschwärmt und hat einige fremde Länder bereist, besonders im Frühling, wenn es sie jeweils ganz außerordentlich heftig packt und wegzieht von ihrem vermeintlich sicheren Meisenbereich, hat fremde Regionen im lockeren Vogelzug überflogen, hat unbekannte Gebiete im dichten Vogelschwarm durchstreift, wie alle anderen Sing- und Zugvögel auch, wenn auch nur als Wandervogel auf Urlaub, als rastloser Singvogel auf Durchreise, und nicht etwa als professioneller Zugvogel, hat somit aber bereits ausreichend viele weit entfernte Zonen gesehen, durchaus freundliche Zonen, die ihr als solche auf Grund ihres milden Klimas und reichlichen Futterangebots bestimmt besser gefallen hätten, Zonen also, in denen sie sich ein geruhsames und unbehelligtes Meisenleben gewiss hätte vorstellen können, wenn auch nicht in jedem Falle ein ausführliches, vollumfängliches Leben in seiner kompakten Integralität und vitalen Kommodität. Doch sie fühlt sich in Tat und Wahrheit und scheinbar für immer auf Gedeih und Verderben an die verdammten Würmer gebunden und durch sie unabänderlich an die gnadenlose, böswillige, hinterhältige und erbarmungslose Katzenwelt; solcherart ist das fatale Gefühl zusammengesetzt, das nur aus Unfreiheit entstehen und überhaupt nur auf Grund von Abhängigkeiten bestehen kann. Ein ornithologisches Desaster, in der Tat, denn das bedeutet gleichzeitig, dass sie diesem Katzenprotektorat schutzlos ausgeliefert ist und auch ausgeliefert bleiben muss, womöglich für immer, also

bis an ihr unausweichlich trauriges Meisen-
ende, und dies ist in der Tat der schwärzeste
Gedanke überhaupt, der ihr jemals hat einfallen können.

Es kommt im Verlaufe dieser etwas unglücklichen Stunden sogar soweit, dass die
verwirrte Meise reineweg vergisst, wo sie sich
befindet, denn auf einmal weiß sie nicht einmal mehr, wie bereits angetönt, wie der Name
der Stadt lautet, in der sie sich gegenwärtig
befindet. Können Sie sich das vorstellen? Die
Meise fragt sich allen Ernstes: Handelt es sich
bei der Stadt, in der ich mich gegenwärtig
befinde, um eine international bekannte oder
wohl doch eher nur um eine sogar lokal
unbekannte Stadt? Selbst dies weiß sie nicht
mehr; der ganze Verlauf der unglücklichen
Unternehmung scheint unverständlicherweise
aus ihrem kargen Kurzzeitgedächtnis gestri-
chen zu sein. Finden Sie das verständlich?
Finden Sie das vernünftig? Finden Sie das
konform? Finden Sie das korrekt? Oder gar
kommod? Wenn ja, dann müssen auch Sie
dringend über die Bücher!

Tatsächlich: Die Meise blickt sich verblüfft um und erkennt jetzt überhaupt nichts mehr. Die Straßenzüge sind ihr plötzlich bedenklich fremd, die hohen Gebäude restlos unbekannt, und das Panorama wirkt auf sie auch äußerst befremdlich und dazu auch noch überaus fremdartig, ja, absonderlich gar, abweisend jedenfalls, richtig abstoßend. Verstohlen schielt sie nach den komischen Autokennzeichen der vielen Fahrzeuge auf der großen Kreuzung, wo sie sich jetzt gerade befindet, um eventuell herausfinden zu können, in welchem Landesteil oder in welcher Region sie sich möglicherweise gerade aufhält – oder in welchem verdammten Scheißland zumindest. Doch die Nummernschilder sagen diesbezüglich überhaupt nichts aus; sie sind völlig anonym gestaltet un d gehalten, so dass sie nicht einmal über regionale oder nationale Zugehörigkeit Auskunft geben, denn die verdutzte Meise erkennt nur willkürliche Buchstaben- und Zahlenkombinationen, die ihr keinerlei dienliche Hinweise bieten.

Auch aus den beiläufig aufgeschnappten Gesprächsfetzen der vielen gefiederten Pas-

santen kann sie ihren Aufenthaltsort nicht
ermitteln, weil die mehrheitlich stummen
Nutzvögel – und es sind derer viele, die
gezielt durch die belebten Straßen streben –
wortlos an ihr vorbeieilen und auch unter-
einander kaum ein Wort verlieren. Geschickt
weichen sie sich aus und kommen nie in Kör-
perkontakt; sie streifen sich nicht einmal beim
Kreuzen, auch nicht im dichtesten Getümmel,
ebensowenig wie den Blickkontakt.

Alle allfälligen Identifikationsmöglichkei-
ten sind wie weggewischt, denn auch die
Schilder, die Wimpel und die Leuchtreklame
an den Hausfassaden bestehen nur aus den
weltumspannend einheitlichen Firmenlogos
und den banalen Reklameschriftzügen der
multinationalen und interkontinentalen Kon-
zerne, die zudem nur der schnellen Marken-
identifikation dienen. Nichts deutet darauf
hin, wie die Stadt oder das Land heißen, in der
die Meise sich gegenwärtig mit dem aus-
stehenden würmischen Ausschuss, der sich
jetzt zu allem Überfluss auch noch endgültig
in Luft aufgelöst zu haben scheint, befindet,
und sie weiß, ehrlich gesagt, nicht einmal, ob

das eigentlich gut oder schlecht ist. Man könnte sich in dieser grundsätzlich ausweglosen Situation lebhaft vorstellen, dass in Bälde alle Verzweiflung dieser Welt Überhand nähme, dass in der Meise Kopf letztlich offene Panik ausbräche, dass jetzt gewissermaßen das Maximum dessen, was die Meise an äußerster Verzweiflung erleben zu können vermöchte, einsetzen dürfte.

Doch weit gefehlt! In solch traurigen Momenten der abgrundtiefsten Hoffnungslosigkeit breitet sich in der Meise unapprobierter Körperlichkeit als unumgängliche Folge äußerst vielfältiger, psychischer Vorgänge, vielschichtiger, biochemischer Reaktionen, multiplexer, mikroelektronischer Prozesse und auch ungemein mannigfacher körpereigener, hormoneller Sonderausschüttungen, sowie biorhythmischer Spezialverwerfungen aus erdgeschichtlich uralten Drüsen und Düsen, Synapsen und Polypen, Kataplasmen und Katalysatoren überraschenderweise und unerwarteterweise gleichzeitig eine geradezu wohltuende Gleichgültigkeit aus, einzig als Folge dieser körpereigenen Psychodrogen, wie wir wissen und wie es uns allen im Zusammenhang mit tragisch verlaufenen Bergdramen, Flugzeugabstürzen, Weltuntergängen, Dammbrüchen, Boxkämpfen, Wahlkämpfen, Kreditkarteneinzügen, Kontenauszügen, Hochzeiten, Abschlussexamen, Autorennen, Steuerbescheiden, literarischen Lesungen und verklemmten Tanzanlässen wohlbekannt ist. Sie sagt sich ergeben, dass sie allein, sie als kraft- und einflussloser Sing- und Ziervogel, die Dinge nicht mehr selber ändern könne, dass es bereits zu spät dafür sei, dass sich die unabänderliche Entwicklung dieser wahrhaft abstoßenden Angelegenheit schon jetzt weit außerhalb ihrer Reichweite befände, dass sie längst nicht mehr genügend Einfluss darauf zu nehmen vermöchte, dass sie daher gar nicht wissen müsse, noch jemals wissen könne und auch nicht zu wissen brauche, wie der weitere Verlauf dieser gründlich missratenen Unternehmung zu gestalten wäre, falls hier überhaupt noch etwas gestaltet werden könnte, und plötzlich bewirken die diesen offensichtlich psychischen Zerfallsprozess begleitenden, hormonellen Veränderungen in ihrem gemarterten Meisenkörper, dass sie jetzt eigentlich nur noch in ein äußerst feines, für Außenstehende kaum hörbares Meisengezwitscher ausbrechen kann, erst nur zaghaft, doch bald kräftiger und somit immer selbstsicherer. Ja, sie zwitschert tatsächlich bereits bewegt ihr zierliches, doch nahezu lautloses, doch typisch meisisches Verzweiflungszirpen und stützt sich dabei erschöpft an Hauswände, Türpfosten, Laternenpfähle und parkierte Fahrzeuge ab, so dass die flüchtigen Passanten der gefiederten Zunft meinen, sie sei bloß stark alkoholisiert und müsse sich gleich in den nächsten Rinnstein übergeben, in der Art eines dämlichen Touristen, der sich im nahen Vergnügungsviertel viel zu lange, viel zu sorglos und viel zu vergnügt ein- und ausgelassen hat, abgefüllt bis zum Rand, ausgenommen bis aufs Hemd, ausgeraubt bis auf die Socken und ausgeplündert bis auf den letzten Heller.

Der Grund für dieses leise, doch anhaltende Gezirpe ist indessen nicht allein im Umstand zu suchen, dass sie möglicherweise das Gewürm endgültig, das heißt, für immer aus den Augen verloren haben könnte, auch nicht im befremdlichen Dilemma, dass die Meise nicht mehr weiß, wo sie sich überhaupt befindet, sondern vor allem in der vielleicht doch eher bedenklichen und denkbar folgenreichen Tatsache, dass sie keinerlei Geld und auch keine Ausweise dabei hat, nicht einmal Fahrkarten, Kreditkarten, Visitenkarten oder sonstige Bescheinigungen – amtliche Urkunden oder offizielle Ausweispapiere und Ähnliches schon gar nicht. All das befindet sich gegenwärtig in einer billigen, dunkelblauen, nahezu neuen Reisetasche mit klebrigem Klettverschluss, und selbige steht einsam und vergessen in einer schlecht geführten Herberge auf einer schmalen Abstellfläche in einem unverschließbaren, dunkelbraunen Wandschrank.

Doch wo befindet sich diese Herberge? Wo sind das Quartier und die Straße, in welcher diese Herberge zu finden wäre, und wie heißt sie überhaupt? Die Meise wüsste tatsächlich nicht einmal mehr zu benennen, wie der fremdartige Name der Herberge lautet, wie seine Anschrift lautet, noch könnte sie einen Stadtteil, eine Himmelsrichtung oder auch nur den Namen dieser Stadt nennen; sie wüsste, kurz gesagt, überhaupt nicht mehr, wie sie wieder zu ihrem Reisegeld, zu ihren Fahrkarten, zu ihren Dokumenten und zu ihren Ausweisen käme, die sie im Falle einer polizeilichen Kontrolle oder gar einer behördlichen Festnahme auf Geheiß vorzuweisen hätte. Keinerlei Angaben könnte sie über sich und ihre verzweifelte Lage machen, nichts könnte sie belegen, nichts erklären, nichts ausweisen und auch nichts beweisen, und dazu fallen ihr zu allem Überfluss auch noch all die doch eher traurigen Abstürze ein, von denen zuweilen in den Tageszeitungen zu lesen ist, tragische Fälle von tagelang, wochenlang, monatelang, ja, sogar jahrelang umherirrenden und von der Polizei eher zufällig aufgegriffenen, meist bereits halb verhungerten, kranken, unidentifizierbaren Rast- und Wandervögeln, von erbärmlich heruntergekommenen Stadt- und Landstelzvögeln meist gesetzteren Alters, von völlig aus- und abgebranntem Federvieh ohne festen Wohnsitz, ohne Beisitz, noch flüchtiger Bleibe, bedauernswert verirrtes und verwirrtes, verlorenes Vogeltum in einem ungewohnt sprachlosen, nahezu katatonischen Zustand,

allerlei unglückliches und wohl auch untröst-
liches Gevögel, das sein vögelianisches Ge-
dächtnis einfach verloren zu haben scheint
und nicht einmal mehr weiß, wie es heißt und
woher es kommt, nestlos und beziehungslos,
flügellos und orientierungslos, vergleichbar
nur mit verlorengegangenen, sprach- und hilf-
losen Kleinkindern in großen Warenhäusern,
die in Tränen aufgelöst über die kaufhaus-
interne Lautsprecheranlage verzweifelt ihre
Mama, ihre Mutti, ihr Mammi, ihre Momo,
Mömö, Mämä oder Mümü suchen.

Die Meise hat auch von eher befremdlichen
Fällen gelesen, wo zufällig Aufgegriffene und
ambulant Versorgte nicht einmal mehr sprechen, noch schreiben, geschweige denn klar
und verständlich Auskunft haben geben
können, meist völlig verwirrte, stark unter-
ernährte und deutlich verwahrloste Einsiedler
in tiefen, dunklen Wäldern, in Baumhütten,
hinter langen Holzbeigen, großen Findlingen
oder in dunklen Erdlöchern hausend, die wie
durch ein Wunder noch nicht verdurstet, ver-
hungert oder erfroren sind. Stumm und
ergeben warten sie jeweils ab, ohne jede

erkennbare Mimik oder Gestik, mit wirrem, ungepflegtem Gefieder und schmutzstarrenden Füßen, erstaunten Blickes ergeben in die Kameralinsen der Polizei glotzend, auf nichts hoffend, auf nichts wartend, auf nichts zählend, gerade so, als seien sie gar nicht der verwahrloste, unbekannte Vogel, der gerade fotografiert und somit polizeilich erfasst wird, als seien sie im Grunde genommen jemand ganz anderes und ganz anderswo als das verkommene Subjekt, dem soeben die Fuß- und Fingerabdrücke genommen und dessen persönliche Daten anschließend auf Grund von Analysen unverfänglicher Speichelproben, Urinproben, Ejakulatproben, Blutproben, Rotzproben, Ohrenschmalzproben, Zehennagelproben, Atemluftproben, Nasenschleimproben und Stuhlgangproben in einem objektiven, also streng wissenschaftlichen Prozedere erfasst und bearbeitet werden, während die internationalen Polizeicomputer mit unvorstellbarer Blitzgeschwindigkeit nahezu endlose, internationale Suchdateien, enorm umfangreiche nationale Verbrechertabellen und ausgedehnte lokale Fahndungslisten durchforsten, durchlaufen und durchscannen.

Nur wüssten diese Verlorenen eben nicht zu sagen, wer sie denn wirklich sind oder zumindest sein könnten, wenn sie denn nicht die polizeilich Erfassten sind, die sie ja womöglich tatsächlich sind oder aber auch nicht, die sie jedenfalls nicht sein wollen, nicht sein können oder zumindest nicht mehr sein möchten und vielleicht auch gar nicht mehr sein können, vor allem dann nicht, wenn sie tatsächlich diese wissenschaftlich eindeutigen, fahndungstechnisch sauber definierten und administrativ unzweifelhaft nachweisbaren, doch in jedem Falle gleichzeitig völlig unerwünschten und vielleicht auch illegalen Personen sind, die Sans papiers, die Sans abri, die Sans argent, die Sans soucis, die Sans culottes, die Sans amour und die Sans espoir, welche die Polizeicomputer, respektive die Medizinaldrucker als definitives Endresultat all der akribischen Untersuchungen gefühllos ausgespuckt haben. Oder vielleicht sind ihnen all diese makellosen Endergebnisse völlig egal; das kann es natürlich auch geben.

Wie auch immer: Solch bedauernswert Unbekannte werden jeweils vielleicht sogar in

den Tageszeitungen auf der letzten Seite ab-
gebildet und im Fernsehen kurz vor den Mit-
tags- oder Abendnachrichten ausführlich gezeigt, manchmal sogar als furchtbar entstellte
Brückenspringer, als Gehängte, als Verkehrs-
tote oder als aufgedunsene Wasserleichen, als
verkohlte Brandleichen, als einsam Verhun-
gerte, als Ausgetrocknete oder als irgendwo
vergessene Erfrorene, direkt vor der mittäg-
lichen Nachrichtensendung, wenn alle Welt
still vor den Apparaten sitzt und selbstge-
nügsam Erbsensuppe mit Speck löffelt oder
Schnitzel mit Pommes frites mampft.

Man mache, so liest man zuweilen, routine-
mäßig ausführliche psychologische Tests mit
solch vergessenem und verlorenem Vogel-
volk, sofern es noch lebt und ansprechbar ist,
um erst mal allfällige Simulanten von den
klinischen Fällen zu trennen. Danach folgen
weitere, eher wenig nützliche Tests, welche
die familiäre, die sprachliche, die kulturelle,
die soziale, die finanzielle und allenfalls die
nationale Zugehörigkeit dieser verhaltensmä-
ßigen Spezial-, Ausnahme- und Sonderfälle
erschließen und eingrenzen sollen, Tests, die

wahrscheinlich allesamt wirkungslos bleiben
müssen, bald einmal im Nichts verlaufen und
die verlorene Sprache auch nicht wiederbrin-
gen können. Danach schiebt man sie, administrativ richtig angewidert, polizeilich endgültig erledigt, wissenschaftlich restlos ausge-
reizt und juristisch definitiv deklassiert von
einer deutlich widerstrebenden Amtsstelle zur
nächsten, oft in einer jahrelangen, behördlichen, bürokratischen Prozedur ohne Anfang
und ohne Ende, von einer Abteilung zur nächsten. Meist landet diese unerwünschte Klien-
tele früher oder später der Einfachheit halber
in der Klapsmühle, wo sie sicherheitshalber
eingeschlossen, also endgültig aus-, weg- und
abgeschlossen wird und dort für alle Zeiten
von aller gleichgültigen Öffentlichkeit sicher
entfernt und weggeschlossen bleibt und somit
ausdrücklich und routiniert von der gefährlichen Freiheit ferngehalten werden kann, so
lange jedenfalls, bis ihr vielleicht eines Tages
die Sprache, der Name, die Herkunft oder
sonstige spärliche Angaben doch noch wieder
einfallen möchten, und sei dies nur in Form
von unbeholfenem Gestammel, von infantilen
Kinderzeichnungen oder auch schon mal von

enorm komplexen Heilstheorien, von um-
fangreichen, religiösen Gottesbeweiserbring-
ungen, von komplizierten, technischen und
wissenschaftlichen Welterrettungsplänen in
letzter Sekunde, von soziologisch und kultu-
rell restlos diversifizierten Menschheitserret-
tungsszenarien, von globalökonomischen
Weltgenesungsprojekten und nicht zuletzt
von kulturübergreifenden Heilserweckungs-
inszenierungen und Heilserwartungsoffenba-
rungen oder von anderen, völlig hirnver-
brannten Spektakeln, doch immer begleitet
von ausnehmend wirren Kritzeleien und tum-
ben Krakeleien mit Filz- und Farbstiften auf
Packpapier, als deutlicher Ausdruck eines
kranken Vogelhirns im vorzeitigen Endstadi-
um. Dementia praecox.

So bemitleidenswert möchte die Meise gewiss nicht enden, obschon sie in ihrem ge-
genwärtigen, also deutlich angeschlagenen
Zustand bestimmt nichts mehr dabei fände,
als leicht bis mittelschwer bekloppt zu gelten,
denn insbesondere sähe sie darin keinen we-
sentlichen Unterschied zu ihrer gegenwärti-
gen, scheinbar ausweglosen Lage. In einer

freundlichen und aufgeschlossenen Klapse würde sie zumindest fürsorglich beherbergt, angemessen eingekleidet und ausgewogen ernährt, sowie sogar psychologisch betreut werden, sagt sie sich lakonisch und lapidar; sie hätte dort rundweg alles, was sie zum Leben benötigt, Schrank, Tisch, Bett und Stuhl, dazu angemessene Gesellschaft in hellen, gefälligen Aufenthaltsräumen, liebevolle Aufmerksamkeit und jederzeit tätige Hilfe und freundliche, ja, vielleicht sogar herzliche Zuneigung, sowie ausreichend ärztliche und zahnärztliche Versorgung, dazu auch noch aufmerksame, umfassende Körperpflege und die notwendigsten Medikamente. Sie hätte vielleicht selbst einen hauseigenen Friseur zur Verfügung, nebst einem hauseigenen Arzt und Zahnarzt, und gratis und franko Maniküre und Pediküre, möglicherweise auch Internetzugang und Kabelfernsehen in wirklich aufgeschlossenen Fällen, würde also tagein, tagaus aufmerksam durch die zweitausend Fernsehprogramme von Namibia bis Kamtschatka und von Murmansk bis Feuerland zappen, durch das World Wide Web surfen oder gelassen in den überaus freundlich gestal-

teten, sauberen Aufenthaltsräumen herum-
hängen und träge über dieses und jenes nachdenken, würde mit der angemessenen Ironie
stundenlang bewegungslos durch das makel-
lose Sicherheitsglas ins so genannt Freie
blicken, vielleicht sogar in die freie Natur,
und tief in sich, völlig unbemerkt von der
ganzen friedvollen und ruhigen, doch angenehm restriktiven Umgebung, gemächlich
ihre amüsanten Betrachtungen über Gott und
die Welt anstellen, über Sein und Trachten,
über Haben und Wollen, über Dürfen und
Können oder über Müssen und Sollen, über
Bewegen und Verweilen, über Meinen und
Mögen, allesamt doch eher wichtige und auch
recht interessante Kontemplationen voller
aufschlussreicher Erkenntnisse, möchte man
dazu nur sagen, Erkenntnisse, zu denen sie
jetzt, in diesen hektischen, so genannt nor-
malen Tagen gewiss nicht käme und voraus-
sichtlich auch niemals kommen könnte.

Das sieht sie klar und deutlich. Aber sie
wäre in einer gut geführten Klapse all ihre
Befürchtungen und Sorgen auf einen Schlag
los, kriegte vielleicht sogar hochwillkom-

mene, hochwirksame und zudem auch noch hochangenehme Beruhigungs- und hocherfreuliche Schlafmittel, alles völlig kostenlos, legale Drogen also, an die sie in gesundem, also normalem Zustand, also in der freien, ungeschützten Wildbahn eines beschissenen Meisenlebens voller Gebote und Verbote gewiss nicht herankäme, an lauter erstklassige Ware, an legales, sauberes Dope, sogar unter medizinischer Aufsicht und ärztlicher Kontrolle eingenommen, einwandfreier Stoff, der ihr auf unwiderstehliche Weise hälfe, in einem soliden Dauerhigh oder Dauerflash diese schlimmen Zeiten wohl doch eher unbeschadet als beschadet abarbeiten und bis zu ihrem rechtzeitigen und verdienten, aber immerhin natürlichen Ende gesund und gelassen überstehen zu können.

Was könnte sie sich also sehnlicher wünschen wollen als dieses befriedigende Ende, fragt sie sich aufgeräumt, was möchte sie denn lieber haben als das, fragt sie sich erheitert. Inzwischen ist es zum Erschrecken der Meise sogar so weit gekommen, dass ihr nicht nur Geld, Schlüssel und Ausweise ermangeln,

ihr fehlt sogar, wie sie einmal im Gehen beiläufig und unbeabsichtigt an sich herunter-
blickt, auch noch das ganze Gefieder! Tatsächlich: Sie ist völlig nackt! Erschüttert
bleibt sie für kurze Zeit mitten auf dem Gehsteig stehen und kann es zunächst fast nicht
glauben: Sie trägt absolut nichts, nicht ein
einziges Federchen, nicht ein einziges Fläum-
chen außer den weißen Tennissocken und den
braunen Wildlederwanderschuhen mit den soliden Ganzjahresgummisohlen, und bereits
überlegt sie fieberhaft, ob sie wenigstens mit
nackten Händen notdürftig ihre peinlichen
Blößen bedecken und ihre bescheidenen primären und sekundären Genitalien verbergen
sollte. Doch dann muss sie sich sagen, dass
ihre Lage nun doch bereits derart befremdlich
ungewöhnlich geworden ist, dass auch eine
solch unbeholfene Geste nichts mehr daran
ändern würde.

So beschließt sie in ihrer ganzen, innerli-
chen Erschreckung und äußerlichen Verzweiflung, sich weiterhin so unauffällig wie
bisher zu verhalten, gerade so, als sei sie nach
wie vor vollständig befiedert und somit ab-

solut korrekt bedeckt. Vielleicht, so sagt sie
sich unsicher, merken die Passanten auf diese
Weise gar nicht, dass sie mitten unter ihnen
nackt und bloß dahinschreitet, eine extrem
ungewöhnliche Situation allerdings, die mit-
hin das Peinlichste darstellt, was sie sich jemals vorzustellen in der Lage ist: sich unbe-
kleidet, aber unschuldig in der Öffentlichkeit
bewegen zu müssen. Sie weiß natürlich, wie
es aussieht und wie es sich anfühlt, nackt zu
sein; jeden Morgen stellt sie sich vor dem
Ankleiden hüllenlos auf die Briefwaage, denn
sie führt seit langem akribisch Buch über das
bescheidene Ausmaß ihrer Nahrungsmittelzu-
und -abfuhr und über die geringen Schwan-
kungen ihres saisonal bedingten Körperge-
wichts.

Man kann also nicht davon ausgehen, dass
sie ahnungslos wäre, was ihre Nacktheit be-
trifft; ihr ganzes Körpergefühl, auch wenn es
heute fast nur noch aus der Angst vor Über-
gewicht besteht, was für kleine Meisen wie sie
von entscheidender Bedeutung sein kann, sei
nun in die Waagschale geworfen, denn ihre
gesamte Körperlichkeit wird somit unvermit-

telt veröffentlicht und öffentlich in Frage gestellt. Das bescheidene, eher unauffällige Geschlecht baumelt in seinen mehr als befremdlichen Einzelheiten und kümmerlichen Dimensionen frei und unbeschwert zwischen den Beinen und behindert sie manchmal sogar ein wenig beim Gehen, die bereits drastisch hängenden Brüste flachen unschön schräg nach unten weg, die Brustwarzen zeigen auf den deutlich nach vorn gewölbten Bauch, die seitlich ausladenden Hüftrollen sind auch nicht mehr zu übersehen, wie auch die gesamte, längst völlig schlaff gewordene Körpermuskulatur nicht, kurz, der ganze Meisenkörper wirkt deutlich verbraucht und sichtlich ältlich, ist bereits reichlich unschön verformt und zudem ausnehmend gründlich abgenutzt.

Da kann man sagen, was man will; die Meise ist alt geworden. So liegen die bedauernswerten Dinge; man kann also auch ganz unvoreingenommen und objektiv nicht mehr von einem schönen Anblick ausgehen, von einem ästhetisch befriedigenden gar, wenn man sich diese ältliche Meise ohne ihr buntes Gefieder betrachtet, das sie üblicherweise bedeckt, dies gewiss nicht, und die Meise selber würde in ihrer ausgesprochenen Bescheidenheit auch niemals darauf bestehen wollen, immer noch als schön oder gar als begehrlich zu gelten, oder zumindest immer noch ebenso schön sein zu wollen wie in ihren jungen, selbstverliebten Jahren, und von sich selber imperativ abzuverlangen, allen anderen Meisen, insbesondere allen andersgeschlechtlichen Meisen einen möglichst schönen Anblick zu bieten, was immer „schön"m in diesem Zusammenhang und Vergleich bedeuten mag. Sie selber ist also realistisch genug, um an sich ungerührt der nackten Wahrheit nüchtern ins Auge blicken zu können, und sie hält auch nichts von allerhand reichlich zweifelhaften und vor allem körperlich anstrengenden Betätigungen zur Aufrechterhaltung eines strammen Köperbaus, wie von sportlicher Ertüchtigung zum Beispiel, die den Körper angeblich in einem bestimmten Aggregatszustand konservieren soll, wie man allenthalben erklärt und eindringlich ins Gewissen geredet bekommt, und was sich insbesondere allein durch den verstörenden Anblick heftig alternder, ehemaliger Sportskanonen, einstmals schöner Schauspieler, ehedem blühender Prinzessinnen oder gar Königinnen und ehemals kraftstrotzender Nationalturner ohne weiteres in Frage stellen und somit auch gleich überaus leicht widerlegen lässt. Keine Diät, aber auch kein Sport, keine überflüssige Bewegung oder unnötige körperliche Anstrengung, sowie keine operativen Maßnahmen, wenn man mal vom Zahnersatz und von der Sehhilfe absieht, zu der sich wohl bald einmal auch noch eine Hörhilfe gesellen wird, kurz vor der Gehhilfe und der Urinierhilfe; der Meise ganze Eitelkeit hält sich heute somit in durchaus vernünftigen Grenzen, wie uns scheint, denn auf Äußerlichkeiten hat sie tatsächlich noch nie viel gegeben, und auf ihr gesamtes Erscheinungsbild hat sie eigentlich auch noch nie sonderlich viel Wert gelegt, was gerade bei einem ausnehmend bunten Sing- und Ziervogel, der im Allgemeinen als ausgesprochen selbstgefällig, ja, sogar als eitel gilt, doch etwas erstaunen mag. So gesehen, müsste jetzt ihr nackter Anblick in aller Öffentlichkeit geradewegs schockieren oder psychotisieren, ja, traumatisieren, wenn nicht gar neurotisieren oder massenhysterisieren,

entspricht er doch keineswegs allgemein-
ästhetischen und idealen Vorstellungen von
ornithologisch gefälliger Körperlichkeit, von
meisischer Eleganz gar, von vögelischer Nob-
lesse generell, also von klassischer Meisen-
haftigkeit in aller bunt gefiederten Pracht.

Schlimmer noch: Er führt selbige in diesem
nackten Zustand geradezu ad absurdum, um
ehrlich zu sein, verhöhnt und verscheißert sie
allein durch seine überdeutliche und optisch
ungewohnte Präsenz in all seiner Formlosig-
keit, was man als Aussenstehender und Unbeteiligter zum Beispiel beim Anblick von ge-
rupftem Geflügel in der Auslage der Ge-
flügelabteilung eines ganz gewöhnlichen Su-
permarktes durchaus nachzuvollziehen ver-
mag. So schreitet denn die Meise zügig und
ungerührt dahin, hüllenlos also, bar jeder Be-
kleidung und Befiederung und somit splitternackt, wie sie nun mal ist, verzieht ihre Miene
um keinen Millimeter, achtet nicht auf Passanten links und rechts, die sie zunächst ihrer-
seits erstaunlicherweise kaum wahrzunehmen
scheinen, gerade so, als sei sie durchaus an-

gemessen befiedert und somit gerade in der Menge völlig unauffällig.

In der Tat: Der Meise kühner Plan scheint vorerst tatsächlich aufzugehen. Dabei weiß sie nicht einmal, wo sie ihr leuchtend buntes Federkleid gelassen hat, und sie kann auch nicht sagen, bei welchem Anlass sie sich ihrer allgemeinen Scham- und Körperbedeckung entledigt haben könnte, denn weder ist sie beim Arzt gewesen, noch in einem Hallenbad, auch nicht in einer Sauna, noch in der Massage oder in einem hundskommunen, billigen Vogelpuff, wo all die jungen Sumpfhühner gelangweilt an ihren Krallen feilen und auf zahlungskräftige Kundschaft warten, und gewiss auch nicht in der engen Umkleidekabine eines Warenhauses, eine Tatsache, die sie jetzt mehr irritiert als alles andere.

Dass sie sich nämlich heute Morgen angezogen hat, dessen ist sie sich absolut sicher; das lässt sich nicht abstreiten, noch leugnen, da sie sich noch ganz genau daran erinnern kann, und dass sie ihre elegante Kleidung noch getragen hat, als sie losgezogen ist, weiß

sie ebenfalls mit Sicherheit, denn sie hat sich
nach dem Frühstück noch kurz überlegt, ob
sie zusätzlich die Regenjacke anziehen sollte,
weil der Himmel stark bedeckt war und es so
ausgesehen hatte, als ob es im Verlaufe des
Morgens zu regnen beginnen könnte, denn ein
dünner, unaufdringlicher Dauerregen, ein lei-
ser, unaufhörlicher Landregen wäre heute
auch in der Stadt durchaus vorstellbar gewesen, als ein feiner Stadtregen, als ein städti-
scher Sprühregen, sozusagen als unumstöß-
liches Gesetz einer jeden Unternehmung, fast
angemessen gar, möchte man etwas verschämt anfügen. Sie hat sich dann aber doch für
die ganz gewöhnliche, unauffällige, englische
Ausgehjacke aus grauer Schurwolle entschieden, und sie weiß noch ganz genau, wie sie die
Jacke während des Verlassens des Gasthauses
unter dem gläsernen Eingang angezogen hat,
da sich der frühe Morgen auch um diese milde
Jahreszeit doch ein bisschen ungewohnt frisch
angefühlt hat.

Heute Morgen noch ist sie also eindeutig
noch korrekt bekleidet und gefiedert gewesen,
das ist unbestreitbar; die unbefleckte Entklei-

dung muss zwischen dem Kontaktverlust mit dem Ausschuss und jetzt, da sie sich ihrer Blöße erschrocken gewahr geworden ist, geschehen sein. Doch wie? Wie um alle Welt ist sie ihrer ganzen Befiederung verlustig gegangen? Sie ist doch immer auf dem Gehsteig geblieben, hat sich nirgendwo hineinbegeben, ist doch auch nirgendwo ein- oder ausgestiegen? Die Meise ist und bleibt innerlich fassungslos, während sie äußerlich, wie gesagt, keine Miene zu verziehen versucht und sich möglichst nichts anmerken lässt, um den Passanten keinen Anlass zu Ansammlungen, Aufläufen und Aufruhr zu geben, denn eine öffentliche Panik, vielleicht sogar verbunden mit einem gewalttätigen Pogrom, einzig hervorgerufen durch ihre Blöße, eventuell sogar ein ausgewachsener Aufstand mit Massenmord, Bombenattentaten und Amokläufen, wäre jetzt wirklich das Letzte, was sich die zutiefst erschrockene Meise wünschte.

Wo könnte sie ihr Gefieder denn sonst gelassen haben? fragt sie sich völlig ratlos. Hat sie unterwegs irgendwo geduscht? In einem Hallenbad? Ist sie beim Arzt gewesen? Hat sie sich für einmal ganz ungewohnt in ein öffentliches Schwimmbad begeben? In ein türkisches Dampfbad? In einen dänischen Swingerklub? In eine finnische Sauna? In einen thailändischen Massagesalon? In ein englisches Wasserklosett? Das müsste sie doch eigentlich wissen, denn sie geht prinzipiell nirgendwo hin, wo sich andere Vögel nackt aufhalten könnten, weil sie den üblicherweise mehr als peinlichen Anblick nackter Vögel, seien sie nun tot oder lebendig, gar nicht erträgt und den sie sich deshalb – wenn überhaupt – zumindest nie länger als nötig zumuten möchte. Welche Möglichkeiten gäbe es denn noch? Hat sie sich heute Morgen in der Umkleidekabine eines Gefiederladens befunden, hat sie ein neues Gefieder anprobiert und danach vergessen, sich wieder korrekt anzuziehen? Sie kann sich an solcherlei gar nicht erinnern, zudem schlüpft sie in einer Umkleidekabine nie nackt in neue Federn; so etwas tut man nicht, das ist unhygienisch und auch moralisch unapprobiert, und überhaupt kauft sie sich höchst selten neue Federn, da sie diesen Vorgang gar nicht mag, und nur unter äußeren Zwängen, zum Beispiel während der alljährlichen Mauser, vollzieht. Was dann?

Sie ist, wie gesagt, völlig ratlos; sie findet einfach keine Antworten auf ihre doch so simplen Fragen, kurz: Die geradezu unfassbare Peinlichkeit des Nacktseins in aller Öffentlichkeit bleibt ihr absolut unerklärbar. Doch wie hört sich sowas für all die üblichen Neider, Nörgler, Zyniker, Besserwisser, Haarspalter, Erbsenzähler, Korinthenkacker, Dummschwätzer und ganz gewöhnlichen Denunzianten und Intriganten von der Würmer-, Meisen- und Katzenfront an? Wie macht sich das in der launisch kochenden Gerüchteküche des sensationsgeilen Würmer-, Meisen- und Katzenprotektorats? Im Buschtelefon des Mitmeisengesocks gar? Wie klingt dieses Thema im mühselig erzwungenen Gespräch mit dem vielleicht irgendwann mal wieder vollzählig versammelten Wurmausschuss an?

Unheilvolle Sätze wie: „Die Meise läuft restlos entkleidet in der Öffentlichkeit herum." Oder: „Während der Unternehmung hat sich die Meise komplett ausgezogen und ist nackt in der Stadt herumgelaufen." Oder, noch besser: „Mitten auf der Straße hat sich die Meise plötzlich ausgezogen und hat allen zutiefst schockierten Würmern, allem ahnungslos herumstehenden Gefieder, allen eilig vorbeihastenden Vögeln und allen sonstigen, unbeteiligten Passanten jeden Alters, jeglicher Herkunft und auch jedwelchen Geschlechts ihre primären und sekundären Unaussprechlichkeiten gezeigt."

Das sind nicht nur Sätze, die blitzschnell und lautlos töten, das sind auch und ganz besonders Sätze, die geeignet sind, bunte Weltbilder mit einem lauten Knall einstürzen und ganze Traumwelten auf einen Schlag untergehen zu lassen. Alle, die jemals solch prächtige, unvergängliche Sätze voller Unsterblichkeit verwenden dürfen, seien es nun schadenfrohe Mitmeisen, normalfreche Würmer oder gar extrem spöttische Katzen, sprechen sie überdies überaus genüsslich aus, holen sie immer und immer wieder hervor oder schreiben sie sogar voller Häme und Aufregung in aller Vorfreude auf, etwa in Form von aufgeplusterten Einzelanfragen im

Parlament, von genüsslich formulierten Leserbriefen an die Tagespresse, natürlich auch in Form von anonymen Denunziationen beim Moralinspektorat, bei der Sittenpolizei, bei der Ethikkommission, beim Sexualdezernat oder bei der nächst höheren, vielleicht sogar kirchlichen Moralinstanz, oder in Form von wutentbrannten Petitionen mit mindestens zehntausend beglaubigten Unterschriften an die zuständigen Behörden, wenn nicht gleich direkt und persönlich an den Regierungspräsidenten, den König, den Kaiser oder an den Herrgott selber gerichtet. („Lieber Gott, stellen Sie sich mal vor!") Selbiger würde fürderhin von öffentlich vorgetragenen, also ungemein wichtigtuerischen Protesten voller moralischer Empörung, voller ethischer Bedenken und vollen sittlichen Entsetzens, aber auch von vielen möglichst öffentlichen Äußerungen in Form von schriftlich formulierten Beschwerden oder zumindest als Kopien anonymer Anzeigen bei der Wachsamen Sittenwacht, beim Obersten Nationalen Geheimdienst oder bei einer seiner vielen Unterabteilungen, bei der Geistigen Landesführung oder bei der Ständigen Bürgerübewachung nur so überschwemmt, das arme Schwein. Die Petitionisten und Beschwerdisten würden sich zudem damit brüsten, nur aus staatsbürgerlichen Überlegungen und heimatverbundenen Bedenken diese empörenden Tatsachen weiterzugeben, oder als Bürger dieses Landes pflichtschuldigst nur öffentliche Ärgernisse aufdecken zu wollen, indem sie solcherlei Peinlichkeiten freudig preisgeben, tüchtig aufbauschen und gewichtig weiterleiten, nur um dadurch ihre beklagenswerten Hassopfer bewusst und vor allem vorsätzlich bloßzustellen, vorwiegend oder gar ausschließlich arme, erschrockene und verwirrte Meisen, die sich einfach nicht oder nicht mehr selber zu wehren und zu helfen verstehen.

Es gibt nämlich der Denunzianten mehr, als man sich jemals vorstellen kann, gerade in Kreisen, wo man dies am wenigsten vermutet, so die langjährige Erkenntnis der Meise selber, ausnehmend viele männliche, aber vor allem auch unerhört zahllose weibliche, würmische und meisische Spitzel und kätzische und meisische Zuträgerinnen, würmische und meisische Petzerinnen und kätzische und meisische Verleumder und Schmähredner, ebenso wie es unübersehbar unzählige würmische und meisische Heuchler und kätzische und meisische Intrigantinnen gibt, sowie ungezählte würmische und meisische Angeberinnen und kätzische und meisische Wichtigtuer, versteht sich, in rauen Mengen gar, aber auch unfassbar viele ganz banale würmische und meisische Aufschneiderinnen und kätzische und meisische Verräter, würmische und meisische Großmäuler und kätzische und meisische Maulhelden beiderlei Geschlechts, die sich alle nur allzu gerne anonym und unbeschadet, ameisisch und antimeisisch an der Meise selber und auch ganz gerne mal persönlich rächen möchten – wofür auch immer.

Gründe dafür braucht es keine, denn das wissen sie jeweils selber nicht so genau und könnten dies auch nimmer glaubhaft erklären, weil alle Denunzianten ja stets ganz prinzipiell grundlos denunzieren, also freiwillig und ohne jeden Zwang. Doch sie tun dies bewusst, selbstbewusst und durchaus vorsätzlich, vorzugsweise um ihr eigenes Ungenügen notdürftig zu verdecken, oder um zumindest von ihrer eigenen Bedeutungslosigkeit abzulenken, aber auch um sich ganz einfach wichtiger zu machen, als sie überhaupt jemals sein können, viel wichtiger jedenfalls, als sie tatsächlich sind. Doch sie denunzieren vorwiegend, um ihr eigenes Unvermögen zu kaschieren, denn Denunzianten sind immer ausgesprochen armselige Figuren, dürftige Charaktere und schäbige Individuen. Sie denunzieren immer auf Kosten anderer, in diesem Falle auf Kosten der Meise nackter Existenz, versteht sich. Da kennen Denunzianten keine Hemmungen, da gibt es keinen Pardon, da wird gleich von Anfang an und ohne Vorwarnung aus dem Hinterhalt, meist sogar anonym, scharf geschossen.

Wir sprechen vorwiegend von Würmern und Katzen, die mit der Meise aus sicherer Warte, unter amtlichem Schutz und unter behördlicher Protektion, liebend gerne abrechnen würden, weswegen auch immer, aber auch von tückischen Mitmeisen, die eigentlich nur darauf warten, endlich in aller Unbelangbarkeit und aus der sicheren Deckung heraus möglichst richtig hart zuschlagen zu können, am liebsten anonym, wie schon erwähnt, also möglichst tödlich, möglichst schnell und natürlich in jedem Falle ungenannt und unverbindlich und damit unbelangbar, unerreichbar und unverzichtbar, aber deshalb umso unbarmherziger, unverfänglicher und unangreifbarer. Denn sie wollen dabei unbedingt nicht behaftbar („Ich bitte diese vertrauliche Mitteilung mit der nötigen Diskretion zu behandeln") und auch nicht belangbar bleiben, versteht sich („Mein Name tut hier nichts zur Sache."), besonders diese äußerst trüben mitmeisischen Tassen, welche die Meise leider nur allzu gut kennt, mehrheitlich überaus lächerlich aufgeplusterte, ornithologische Durchschnittserscheinungen allesamt, oder aber rundweg dämliche, wurmesische Jammergestalten und Verlierer, armselige kätzische Dreckschweine, allesamt himmeltraurige Scheißfiguren also, die, wie gesagt, nur auf eine günstige Gelegenheit warten, die Meise (oder auch irgendwelche andere Vögel, sogar unbekannte Vögel, ja, sogar seltene und geschützte Vögel, ganz egal was) in aller Öffentlichkeit erniedrigen, demütigen und somit schädigen zu können, ohne dabei selber Schaden zu nehmen, versteht sich.

Sie selbst verstehen ihr Handeln als eine Art Ausgleich, also als eine Art ausgleichender Gerechtigkeit, wie immer sie dieses schändliche Verhalten zu drehen und zu wenden vermögen. Sie nehmen sich dieses Recht heraus, weil sie sich anschließend inkonsequenterweise auch noch im Recht wähnen und tatsächlich meinen, dieses ja nur angedachte Recht befähige und berechtige sie zu extrem niederträchtiger Handlungsweise und legalisiere gleichzeitig ihr verwerfliches Tun und anstößiges Treiben in staatsbürgerlicher Minne. Da gibt es keine Grenzen der Rechtfertigung mehr; doch noch ist es tatsächlich so, dass die nackte Meise selber in dem Moment, da sie sich ihrer verfänglichen Blöße gewahr geworden, da sie also ihrer peinlichen Nacktheit mit dem größten denkbaren Erschrecken ansichtig geworden ist, sich immer noch hartnäckig der wohl endgültig vergeblichen Hoffnung hingibt, so etwas ließe sich unauffällig irgendwie vertuschen, verschleiern oder gar verheimlichen und womöglich auf Dauer verbergen, umsomehr, als der ganze Ausschuss längst von der Bildfläche verschwunden ist, was der Meise jetzt, in dieser wahrhaftig heiklen Situation, nebenbei gesagt, geradezu als ein unverhofftes und unverdientes Glück erscheint. Denn befände sich das verhasste Gewürm immer noch in Sichtweite, dann wäre für die Meise ja längst alles gelaufen. Nicht wahr? Blitzschnell.

Das ist selbst ihr sonnenklar, denn die schadenfreudigen Würmer würden allesamt sofort entzückt ihre Handys zücken, und die sensationelle Nachricht verbreitete sich, zusammen mit den aktuellen Beweisbildern in Windeseile im World Wide Web, in alle geeigneten Gefässe verteilt und verstreut und millionenfach vervielfacht. Sie würde der Meise blitzgeschwind vorauseilen, diese beispiellose Neuigkeit ohnegleichen, diese wohl einmalige und unvergleichliche Übersensation; sie dränge mit Lichtgeschwindigkeit an die aufgesperrten Ohren, Augen und Münder des gesamten Katzenprotektorats in seiner offensichtlichsten, nie versiegenden Lüsternheit, in seiner kaum versteckten Geilheit und mannigfachen Verdorbenheit. Die Sensation wäre jedenfalls perfekt, und die Meise wäre endgültig erledigt, noch bevor sie nach Hause zurückgekehrt sein könnte, auf der Stelle und für alle Zeiten, versteht sich.

Sie müsste, endlich verschämt zu Hause angekommen, ihre wenigen Sachen sofort pakken und schnell und still von der Bildfläche verschwinden, bis zum ersten Gerichtstermin vermutlich, denn die Liste der wirtschaftlichen, politischen, sozialen, juristischen, finanziellen, gesellschaftlichen, aber auch ganz persönlichen und privaten Konsequenzen wäre auf einmal geradezu ellenlang bis endlos. Sie würde fortan in einer engen Zelle nur noch Akten wälzen.

Ihr bleibt indes die vage und reichlich unverbindliche Hoffnung, dass sie hier, allein gelassen in dieser fremden Stadt, niemand in diesem wahrhaft kompromitierlichen Zustand zu erkennen vermöge, dass sie sich in dieser unbekannten und offenbar namenlosen Weltstadt zumindest noch für eine kurze Weile würde unerkannt bewegen können, wenn auch befremdlich nackt und unverständlich bloß, wie wir jetzt in aller Verwunderung wissen. Doch während sie mit eiserner Miene weiterhin verzagt, aber tapfer dahinschreitet und so tut, als sei sie in der Menge der gefiederten Passanten durchaus dezent und unauffällig gekleidet, versuchen allmählich ihr völlig unbekannte Vögel von allen Seiten her, sie in einer ihr unbekannten Vogelsprache durchaus diskret anzusprechen. Das wirkt auf die Meise, die in der Öffentlichkeit ansonsten kaum jemals angesprochen wird, etwas ungewohnt und zudem zunehmend verwirrend, denn sie hat die äußerst merkwürdige Sprache, die ihr in vereinzelten, undeutlich artikulierten, schlicht unbekannten, also unverständlichen Sentenzen, Wortfetzen und Paraphrasierungen, die ihr also in unvollständigen Sätzen und in unverständlichen Zurufen allmählich zu Ohren kommt, noch gar nie gehört; sie kann nicht einmal sagen, ob es sich um eine eher nördliche, um eine eher südliche, um eine eher westliche oder um eine eher östliche Sprache handelt, noch ob es sich dabei überhaupt um eine Meisensprache handle, denn es gibt in den aufgeschnappten Satzfragmenten und flüchtigen Wortmeldungen, die sie im Gehen zufällig mitkriegt, keine ihr auch nur annähernd bekannten Wörter, noch Sätze, die einer anderen, lebendigen Meisensprache irgendwie ähnlich wären; selbst die einzelnen Laute sind und bleiben ihr fremd. Sie weiß somit nicht nur nicht, wo sie ist, sie weiß auch nicht, was für eine Sprache diese ihr fremden Vogelarten hier sprechen, die im Übrigen genau gleich wie die Vögel zu Hause gekleidet, also gefiedert sind und somit auch genauso aussehen, was verständlicherweise außerplanmäßig zur allgemeinen Meisenverwirrung noch mit zusätzlicher Verwirrung beiträgt.

Die Meise muss mehrmals verblüfft hinschauen: Ja, sie sehen auch hier alle durchaus durchschnittseuropäisch aus und sind in ihrer ganzen Erscheinungsform und Farbgebung meisisch absolut unauffällig, sind also ohne besondere Merkmale und ohne jede Abweichung von einer an sich inexistenten Artennorm, sind ohne ins Auge springende Auffälligkeiten oder Besonderheiten, ohne jede artuntypische Diversifikation oder arttypische Partikularität. Der einzige offensichtliche Unterschied zu all den Schnabelviechern zu Hause ist der, dass die Meise ihre verdammte Vogelsprache nicht versteht, das ist alles.

Mit der einen Hand hält sie sich an der Haltestange fest, damit es sie auf der kurvigen und holprigen Innenstadtstrecke nicht allzu sehr herumschlenkere, und mit der anderen Hand sucht sie im Stehen systematisch alle ihre Taschen ab, denn irgendwo muss die Fahrkarte ja sein, die ihr Auskunft darüber geben könnte, wohin sie sich eigentlich begeben möchte, begeben sollte oder begeben müsste (was immer als erstes zutreffen mag), denn schon zu Beginn dieser ungeplanten Busreise hat sie irritiert feststellen müssen, dass der Bus gar nicht in die Richtung fährt, in die sie, die Meise, unter anderen, besseren Umständen hätte gelangen mögen, wenn nichts dazwischen gekommen wäre. Bald einmal setzt sie sich deshalb an einen freien Fensterplatz, denn das Stehen wird auf Dauer recht unangenehm.

Der Bus fährt jetzt in gleichmäßigem, ruhigem Tempo auf einer langen, geraden und eintönigen Landstraße dahin, auf einer Strecke, die bestimmt nicht die übliche Landstraße ist, die sie von zahlreichen Fahrten her kennen sollte, sondern eine Richtung, in die sie noch gar nie gefahren ist. Es ist offensichtlich, dass sie sich auf dem falschen Busbahnhof befunden und den falschen Bus genommen hat. Wie konnte das nur geschehen? Hat man inzwischen eine neue Umfahrungsstraße oder eine weitere alternative Straßenführung durch eine andere Gegend gebaut, die doch noch zum selben Ziel führen wird? Macht der Bus auf einer neu festgelegten Route einen kleinen, durchaus geplanten und somit vorgesehenen Umweg? Während sie, jetzt im Sitzen, immer noch zaghaft ihre Taschen durchsucht, überlegt sie, was sie falsch gemacht haben könnte: Sie ist zu Fuß zum Autobusbahnhof gelangt, hat am Schalter eine Fahrkarte gekauft, hat die große Tafel mit den Abfahrtszeiten ausführlich studiert, hat sich die Busnummer genau gemerkt, hat den nach ihrem unerheblichen Ermessen richtigen Bus tatsächlich bald einmal gefunden und ist er-

wartungsvoll und natürlich nichtsahnend ein-
gestiegen, hat, so ihre zögerliche Annahme,
bis dahin alles richtig gemacht, hat alle diesbezüglichen Hinweise sorgfältig beachtet und
alle Anweisungen korrekt befolgt und ist sich
zudem ganz sicher, die richtige Nummer des
Autobusses gemerkt zu haben. Wie kann es
also geschehen, so fragt sie sich jetzt erschrocken, dass der Bus in die entgegen-
gesetzte Richtung fährt, ein vollbesetzter Bus
übrigens, in welchem sie zunächst nur einen
Stehplatz an einer Haltestange bei einer der
mittleren Eingangspforten hat ergattern können? Und wo wird der Bus als nächstes
anhalten, in welchem Dorf, in welcher Stadt,
falls er überhaupt jemals wieder irgendwo
anhalten wird? Sie schaut auf die Uhr: Es ist
bereits Feierabend, und dies erklärt, warum
das öffentliche Verkehrsmittel derart überfüllt
ist.

Die geübten Pendler belegen die Sitzplätze,
und die Anfänger, die Kinder, die Ausländer,
die Langsamen, die Schwangeren, die Alten,
die Außenseiter, die Invaliden, die Geknech-
teten, die Geketteten, die Geschlagenen, die

Geopferten und die Neulinge müssen während der ganzen Fahrt stehen. Sie selber, die Meise, hat also mächtig Glück gehabt, doch noch einen freien Platz ergattern zu können, findet sie, jetzt fast etwas stolz auf ihren unverhofften Erfolg – trotz aller Unbill. Es besteht indessen durchaus die Möglichkeit, dass sie zumindest heute gar nicht mehr nach Hause kommen wird, dass sie heute Abend unfreiwillig auswärts übernachten muss und dass sie nach dem Aussteigen zunächst einmal widerwillig wird herausfinden müssen, wann und wie sie überhaupt wieder wohlbehalten würde zurückgelangen können, geschweige denn, wie sie ganz grundsätzlich jemals wieder nach Hause kommen würde. Dieser Autobus jedenfalls sieht nicht danach aus, als ob er in Bälde anhielte, denn die übrigen Reisenden haben sich zum Studium von allerlei Tageszeitungen, Journalen, Comic-Heftchen und Taschenbüchern in ihre hohen Überlandsitze vergraben, oder aber sie dösen im Stehen vor sich hin, gerade so, als ob sie sich für eine ausnehmend lange und langweilige Fahrt eingerichtet hätten. Einige haben sogar ihre Jacken und Mäntel ausge-

zogen und zusammengefaltet in die Gepäck-
netze abgelegt, genau so, wie es jetzt auch die
Meise wie selbstverständlich tut, nachdem sie
doch noch einen freien Platz gefunden hat,
vielleicht um nicht aufzufallen oder um es den
übrigen Reisenden möglichst gleichzutun, ob-
wohl sie schon lange nicht mehr in einem
solchen Reisebus gefahren ist, nicht für eine
längere Reise jedenfalls. Sie weiß indessen
ganz genau, dass sie im falschen Bus sitzt, und
sie möchte vor Wut über dieses Missgeschick
und auch über all ihre anderen peinlichen
Fehlleistungen aufschreien, möchte sich vielleicht sogar hysterisch zum Busfahrer stürzen
und ihn lautstark veranlassen, die Fahrt auf
der Stelle zu unterbrechen. Sie würde ihm
aufgeregt ihre Fahrkarte zu ihrem eigentli-
chen Reiseziel zeigen, wenn sie die Fahrkarte
denn überhaupt wiederfände, und er würde ihr
sofort glauben können, dass sie im falschen
Bus sitzt. Doch was dann? Was, wenn er tatsächlich verärgert anhalten und sie irgendwo
im Niemandsland am Straßenrand aussteigen
lassen würde? Was würde sie denn einsam
und allein in dieser leeren, dunklen und
nichtssagenden Landschaft tun wollen? Wir

haben Herbst, und bereits kommen die unangenehm feuchten und ungerührt langen Nächte deutlich spürbar daher, sind zudem ausgesprochen kühl, fast schon kalt, jedenfalls bereits recht frostig, auch wenn es heute und morgen noch gar nicht regnen sollte. Sie wäre somit im unfreiwilligen Nirgendwo gestrandet, ohne klare und deutliche Aussicht auf eine sofortige Rückführung, ohne Hoffnung auf eine baldige Rückkehr, zumindest nicht mehr gleichentags.

Nein, so geht das nicht, wirklich nicht, und zudem würde sie sich mit ihrem verzweifelten Versuch, den Bus auf offener Strecke anzuhalten, in den Augen der übrigen Fahrgäste nur lächerlich machen. Sie muss sich halt darein schicken, sagt sie sich deshalb entmutigt, sie muss sich damit abfinden, dass sie ganz anderswo hingelangen wird als vorgesehen, redet sie sich tapfer ein, sie muss sich fügen, ob ihr dies jetzt passen mag, oder nicht. Sie überlegt sogar kurz: Wohl konveniert ihr dies nicht, dass sie in eine völlig falsche Richtung gerät, ganz und gar nicht, muss sie sachlich festzuhalten sich aufraffen, denn dieser Bus ist nicht ein innerstädtischer Bus, wie sie zunächst geglaubt hat; dieser Bus ist ganz offensichtlich ein Überlandbus, ein typischer Langstreckenbus, ein richtiger Reisecar also, ein Transkontinental-Liner, ein Greyhound, der sanft in einen frühen, eher düsteren, jedenfalls blässlichen Abend hineinbraust, in eine gleichförmige, also langweilige, dazu enorm fade Landschaft ohne besondere Eigenschaften. Bereits rechnet sich die Meise akribisch aus, wieviel sie dieser blamable Irrtum kosten wird, und sie muss konsterniert festhalten, dass die Unannehmlichkeiten, die damit verbunden sein werden, sie unter misslichen Umständen ohne weiteres in geradezu unhaltbare Komplikationen hineinbringen könnten. Sie enerviert sich deswegen bereits maßlos, ärgert sich gewissermaßen auf Vorrat, und dieser Ärger ist nicht dazu angetan, ihr die nächsten, schwierigen Stunden und Tage des laufenden Unternehmens zu erleichtern, das steht bereits jetzt fest. Wir dürfen gespannt sein.

Das beginnt schon am nächsten Morgen mit der Suche nach dem Bahnhof. Die Meise weiß genau, wo der Bahnhof ist; sie ist doch erst gestern Nacht an diesem großen, prächtigen Bahnhof mit der bildhaften Front voller überlebensgroßer Jugendstil-Allegorien ausgestiegen! Also muss er sich logischerweise irgendwo dort drüben befinden, dort vorn, bei diesen vier deutlich sichtbaren, hohen Gebäuden mit den auffälligen, grasgrünen Leichtmetallfassaden, typische, moderne Büro-, Geschäfts- oder Warenhäuser. Oder vielleicht doch eher hinter diesen vier ausgeprägten, eindrücklichen Bauwerken, verdeckt von deren mächtigen, dunkelgrünen Leichtmetallstrukturen voller zurückversetzter, mindestens dreifach verglaster Fenster, die sich wegen der modernen Klimaanlagen nicht einmal öffnen lassen. Nur deshalb kann man den alten Bahnhof von hier aus nicht sehen – jetzt hat die Meise endlich begriffen. Das muss es sein, nimmt sie also an; der alte Jugendstil-Bahnhof und der dazugehörige Platz mit dem großen, des Nachts taghell erleuchteten Springbrunnen mit den zehn masturbierenden Delphinen müssen dort hinten zu finden sein, vermutet sie leichthin, leichtsinnig und leichterdings.

Nun gut, dieser Springbrunnen ist ja sehr auffällig, und die Meise hat gestern Abend im grellen Scheinwerferlicht seine künstlerische Kühnheit lange genug bewundert. Er spritzt einen breiten, leuchtend roten Wasserstrahl aus einem aufgereckten Pferdehintern hoch in die Luft, und dreißig venezianische Gondeln aus Marzipan fangen ihn auf, wobei das munter sprudelnde, rote Wasser, das vergossene Blut der minderjährigen Märtyrer darstellend und symbolisierend, anschließend über die dreißig Gondeln auf die von den zehn masturbierenden Delphinen umgebenen Leiber toter Feinde der siegreichen Nation plätschert, natürlich nicht über richtige Kadaver, sondern über täuschend echt wirkende Nachbildungen aus Wellpappe, Maschendraht, Gips, Aluminiumgestänge und allerlei farbig blinkendem Elektroschrott.

Bahnhöfe sind in einer fremden Stadt immer leicht zu finden, weil sie nun mal zentrale Punkte einer jeden Stadt sind, wirtschaftliche Brennpunkte gar, jedenfalls deutliche Fixpunkte in der historisch gewachsenen Organisation einer Stadt und somit nicht zu verfehlen.

Ein ganzes städtisches Verkehrsgeschehen konzentriert sich überhaupt meist um einen zentralen Bahnhof herum, strömt von allen Seiten unablässig hinzu und fließt elegant daran vorbei, und erfahrungsgemäß führen auch sämtliche öffentlichen Verkehrsmittel zum Bahnhof, also Bus und Tram, sowie U-Bahn, S-Bahn, Schwebebahn, Rollbahn, Kegelbahn, Rennbahn, Geister- und Gespensterbahn. Zudem wimmelt es an Bahnhöfen von Taxis, denn Bahnhöfe ziehen Taxis geradezu magisch an.

Wenn es also einen Ort in einer Stadt gibt, der extrem leicht zu finden sein müsste, dann ist es unbestreitbar der zentrale Bahnhof. Die Meise wird ihn somit schnell wiederfinden, das ist ihr längst klar, das findet sie absolut selbstverständlich, darüber denkt sie gar nicht erst nach, das verursacht ihr gewiss keinerlei Kopfschmerzen, das nimmt sie gar nicht genügend ernst, noch nimmt sie das richtig wichtig. Das bereitet ihr auch kein Kopfzerbrechen, ganz und gar nicht, denn das ist nun mal kein Thema für sie. Sie braucht ja nur diese breite Straße entlangzugehen – wohl der örtliche Bahnhofboulevard, die angesagte Einkaufs- und Flaniermeile, das städtische Geschäftszentrum oder vielleicht sogar die urbane Fußgängerzone schlechthin – und schon ist sie am gesuchten Bahnhof angekommen. Einfacher geht es wirklich nicht. Recht unbeschwert und forschen Schrittes schreitet sie somit voran, aber dort, wo sie jetzt hingelangt, ist der Bahnhof nicht zu finden, nicht dort jedenfalls, wo sie ihn wie selbstverständlich vermutet und auch ganz klar erwartet hat, muss sie jetzt etwas überrascht feststellen, auch nicht hinter den vier hohen Bürogebäuden mit den auffallend grünen Leichtmetallfassaden, noch irgendwie seitlich zurückversetzt oder sonstwie versteckt. Denn hinter diesen vier doch recht auffälligen Gebäuden befinden sich zwar weitere, weitaus weniger Aufsehen erregende Gebäude, welche die Meise indessen noch gar nie gesehen hat, eher verschlossen wirkende Gebäude, die sich dem Betrachter nicht offenbaren wollen, weil sie vielleicht etwas zu verbergen oder gar zu verstecken haben, düstere Gebäude mit einem wenig Vertrauen erweckenden, uniformen Aussehen jedenfalls, vielleicht Folterge-

fängnisse der Geheimpolizei, vielleicht die
ausufernde Administration der Spionageab-
wehr, vielleicht sogar der Sitz des Präsidenten
selber oder derjenige der Nationalbank, der
Mafia, der Landeskirche, der Radio- und
Fernsehgesellschaft, des Inlandgeheimdiens-
tes oder der Steuerbehörde, der Lizenzbe-
hörde, der Neubaugenehmigungsbehörde
oder der Fahrradausweiskontrollbehörde mit
all ihren zögerlichen und kostspieligen Ge-
nehmigungen, strikten Verboten, strengen
Verordnungen, absoluten Verfügungen, un-
missverständlichen Beschränkungen und nahezu täglichen Erlassen. Oder vielleicht sind
es nur Schulhäuser oder Kleinkindertages-
stätten, denn hinter diesen weniger auffälligen
Gebäuden wiederum befindet sich ein kleiner
Park mit altem Baumbestand, eingeklemmt
zwischen einige sehr stark befahrene Hoch-
straßen, wo der unablässige Hochgeschwin-
digkeitsverkehr ununterbrochen brummt,
braust und saust, als hätte er etwas vergessen,
als müsse er gleich umkehren und noch etwas
holen gehen, oder als hätte er etwas nach- und
aufzuholen, dringend zu besorgen oder aber
zu verlieren.

Und unter diesen von einem nie versiegenden Strom von Fahrzeugen in sechs, acht oder
zehn Spuren unablässig befahrenen Hoch-
straßen auf ihren schmalen Betonstelzen lagern zudem des Nachts die müden, alten
Stadtelefanten, weil es dort so schön trocken
und kühl ist. Sie lagern still und stumm um
ihre Feuerchen und kochen sich ihre dünnen
Süppchen aus Seetang, Baumflechten, Moos
und Steppengras und nehmen niemanden zur
Kenntnis. Nur: Von einem Bahnhof ist weit
und breit nichts zu sehen. Die Meise, leicht
enttäuscht und deutlich verwirrt, kehrt un-
schlüssig um; wahrscheinlich hat sie sich
ganz einfach in der Richtung getäuscht, sagt
sie sich ungehalten. Sie hätte gleich von
Anfang an in die andere Richtung gehen
sollen, redet sie sich jetzt ein, denn dort
drüben, dort auf der anderen Seite drüben,
dort müsste eigentlich der verdammte Bahnhof definitiv zu finden sein, wenn er denn
nicht auf dieser Seite ist. Gleich nach dem
großen Parkhaus rechts, das so transparent
gebaut ist, dass man ungehindert durch alle
Etagen hindurchblicken kann. Hat sie dieses
doch recht auffällige Parkhaus gestern schon

angetroffen? Sie weiß es nicht mehr. Diese durchsichtige Konstruktion aus schuppenartigem Milchglas und dickem Stahl kommt ihr reichlich seltsam vor, denn sie sieht von weitem fast wie ein Fisch aus. Wie ein Fisch? Ja, wie ein Fisch am Trockenen. Merkwürdig. Das wäre ihr gestern Abend doch aufgefallen? Doch an einen Fisch kann sie sich beim besten Willen nicht erinnern, nein, an einen Fisch gewiss nicht.

Nun gut, es war, als sie gestern Abend hier ankam, bereits sehr dunkel, trotz der üppigen Straßenbeleuchtung. Doch bei Dunkelheit oder auch bei künstlicher Beleuchtung sehen viele Dinge, speziell Gebäude, ganz anders aus als bei Tageslicht, das ist ein bekanntes Phänomen. Vielleicht war ja das Parkhaus gestern Abend gar nicht beleuchtet, sondern stand in tiefem Dunkel, denn geparkte Wagen brauchen nun mal kein Licht, das leuchtet jedem ein. Das erklärt auch, warum der Meise das auffällige Parkhaus gestern gar nicht aufgefallen ist; sie muss es schlicht übersehen haben, versucht sie sich jetzt zu beschwichtigen – immerhin nun doch etwas unsicher geworden. Nachträglich weiß man alles immer besser, sagt sie sich zur Ermutigung, und doch befindet sich hinter oder neben diesem komischen Parkhaus kein Bahnhof in typischem Jugendstil; es ist absolut nichts von einem Bahnhof oder von einem weitläufigen, verkehrsreichen Bahnhofsvorplatz mit einem imposanten Springbrunnen voller beweglicher Delphine, Pferdehintern, Gondeln und Leibern toter Feinde des Vaterlandes zu sehen, absolut nichts davon. Kein Springbrunnen mit leuchtend rotem Wasser weit und breit, das das vergeblich vergossene Blut der minderjährigen Märtyrer symbolisiert; es ist, als hätte sich der innerstädtische Bahnhof mit all seinen eindrücklichen Allegorien und mitsamt dem Springbrunnen der jungen Märtyrer auf dem Platz davor einfach in Luft aufgelöst.

Er muss ja irgendwo sein, der verdammte Bahnhof, denn die Meise hat gestern nicht lange gebraucht, um ein geeignetes Hotel zu finden; von besagtem Bahnhof aus ist sie zu Fuß am Springbrunnen vorbei in nur fünf Minuten durch eine breite, belebte Straße gegangen, höchstens zehn, bis sie angekommen ist. Sie hat nicht einmal die Tramway genommen, auch kein Taxi, noch einen dieser auffälligen, doppelstöckigen Aussichts-Busse ohne Dach für Touristen und Kinder, und wenn sie gestern ohne weiteres zu Fuß von Bahnhof zum kleinen Hotel gelangt ist, dann muss sie doch heute diesen Bahnhof wieder zu Fuß erreichen können, und zwar in der genau gleich kurzen Zeit, nicht wahr? Das ist unzweifelhaft, das kann nicht abgestritten werden, denn das ist die reine Logik an und für sich.

Schlimmstenfalls könnte sie ein Taxi anhalten; doch damit würde sie sich möglicherweise nur blamieren, was bestimmt einträfe, falls sie, ohne es überhaupt bemerkt zu haben, bereits vor dem gesuchten Bahnhof stünde und den verblüfften Taxifahrer ahnungslos bitten müsste, sie zum Bahnhof zu fahren. Was würde er von ihr denken? Würde er ihr den Vogel zeigen? Würde er sie lauthals auslachen? Würde er seine Kollegen rufen und selbige spöttisch auf die verirrte und sichtlich verwirrte Meise aufmerksam machen, die zum Bahnhof gefahren werden möchte, der ja praktisch direkt vor ihrer Nase steht?

Sie schaut sich nachdenklich um. Hinter diesen auffälligen Gebäuden ist er nicht, der gesuchte Bahnhof, und hier, bei diesem Fischparkhaus ist er auch nicht. Damit bleiben ihr nur noch diese beiden schmalen Seitenstraßen. Sie könnte erst die eine entlanggehen, danach die andere, überlegt sie, falls sie die eine nicht zum Ziel führen sollte. Eine dieser beiden Seitenstraßen wird sie bestimmt zum Bahnhof bringen, beruhigt sie sich. Sie kann die Sache gelassen nehmen, findet sie, sich selber beschwichtigend, denn das Ganze ist mittlerweile so oder so und ohne ihr Dazutun zu einer überaus verzwickten Angelegenheit geworden, im Großen und Ganzen gesehen, ist gewissermaßen zu einem richtig schlechten Witz verkommen, allerdings ausschließlich auf ihre, der Meise Kosten, muss sie sogleich bitter hinzufügen. Und wo überhaupt ist der wurmesische Ausschuss geblieben? Das möchte sie nun auch ganz gerne wieder einmal wissen, wenn auch nur nebenbei, also möglichst beiläufig, abgesehen davon, dass sie sich jetzt nicht ausmalen möchte, was das kätzische Protektorat zu dieser gescheiterten Unternehmung sagen wird. Daran wagt sie gar nicht erst zu denken.

Die verdammten Würmer sind ihr ja in der andern Stadt verloren gegangen, in der Stadt, wo sie noch gestern gewesen ist, und nicht in dieser hier, redet sie sich ein, obschon sie jetzt längst nicht mehr sicher ist, in welcher Stadt genau sie den Wurmausschuss zum letzten Mal gesehen hat. Er muss bestimmt längst wieder zu Hause sein, vermutet sie; doch wie wird er überhaupt nach Hause zurückgefunden haben können, falls er denn bereits zurückgekehrt sein sollte? Er hat ja weder Fahrkarten, noch Fahrpläne bei sich, und vor allem hat er keine Ahnung von alledem, keinen blassen Schimmer vom aktuellen Unternehmens-Programm, keine Kenntnis vom laufenden Unternehmens-Projekt, keine Vermutung vom ganzen, turbulenten Geschehen überhaupt und folglich auch keine eigene Meinung darüber. Für tumbe Würmer sind zudem alle Städte gleich, nämlich gleich groß, gleich langweilig und gleich unbedeutend; sie interessieren sich, wo immer sie sich jemals aufhalten mögen, ja ausschließlich für Klamottenshops, Musikläden und Elektroniksupermärkte, die sie blindlings finden und gegebenenfalls zügig ausräumen können, und sonst für gar nichts, wenn man mal von der Drogenszene, vom Drogenhandel und vom Drogenkonsum absieht, was jedoch jeweils mit dem jeweiligen Geschehen ganz zwangsläufig zusammenhängt, ganz zügig einhergeht und unvermeidlich mitläuft, und das immerzu und überall.

Doch vielleicht ist er tatsächlich längst wieder zu Hause angekommen, der undisziplinierte Ausschuss, während die Meise immer noch in einer unbekannten Stadt auf der Suche nach der Wurmbüchse herumirrt und jetzt bald gar nichts mehr weiß, noch von irgendwas eine Ahnung hat, wie wir jetzt mit einem gewissen Befremden festgestellt haben. Es wäre ja nicht das erste Mal, dass so etwas geschieht, ja, geschehen muss, und das ist bereits bemühend genug, findet sie verärgert. Gestern im Bus hat sie sich das alles ausführlich durch den Kopf gehen lassen und hat alle denkbaren Varianten der möglichen Verwirrungen, Versäumnisse, Vergehen und Versehen im Geiste durchgespielt; sie hat ja während der langen Busfahrt genügend Zeit dafür gehabt. Die ganze Wurmbüchse aus den Augen verloren, den falschen Bus genommen, spät abends in der falschen Stadt gelandet, also am falschen Ort ausgestiegen, in einem unbekannten Land in einem namenlosen Hotel übernachtet und jetzt auch noch den Bahnhof mit all seinen auffälligen Allegorien nicht mehr wiedergefunden! Wo gibt es denn sowas? An die schlimmen Konsequenzen ihrer zahllosen Versäumnisse mag die Meise jetzt gar nicht erst denken; sie werden so oder so absolut ungerecht und grauenhaft grausam sein.

Ihr gesamtes, bescheidenes Vorstellungsvermögen reicht nicht aus, um sich das wahre Ausmaß der existenziellen Verwüstungen auszudenken, die sie ohne eigenes Verschulden, ohne ihr eigenes Dazutun und selbst ohne ihr eigenes Wissen bereits angerichtet hat. Bald einmal muss sie sich zudem zerknirscht eingestehen, dass sie überhaupt nicht mehr weiß, wo sich der gesuchte Bahnhof befinden könnte. Er ist einfach von der Bildfläche verschwunden, und es erscheint ihr jetzt, als ob es in dieser Stadt niemals einen Bahnhof gegeben hätte. Das kann nicht wirklich sein, sagt sie sich ernüchtert, denn sie ist ja gestern erst mit dem Zug hier angekommen, das weiß sie noch ganz genau! Oder war das ein Bus? War das mit dem Zug zu einer anderen Zeit in einer anderen Stadt? Verwechselt sie jetzt bereits die Unternehmen, die Jahre, die Städte, die Bahnhöfe und die Verkehrsmittel, so wie sie ganz offensichtlich auch diese zwei Seitenstraßen verwechselt hat? Die eine der beiden hat an einer hohen, nackten Stütz-mauer aus großen Steinquadern geendet, und die andere Seitenstraße hat in ein ruhiges, mit hohen, alten Bäumen bestandenes Wohn-quartier mit gepflegten, älteren Villen und kleinen, schönen Wohnhäusern geführt, das gewiss nicht ausgesehen hat, als stünde hier zusätzlich ein großer Bahnhof mit seinem vielfältigen Treiben.

Zudem ist jetzt das innerstädtische Verkehrsgeschehen auch noch deutlich zurückgegangen; nicht einmal Taxis fahren in dieser ausgesuchten Wohnlage zwischen den langen Reihen geparkter, meist teurer und dezenter Privatwagen. Kurzum, hier ist nichts zu finden, was für die Meise von Interesse wäre, und deshalb kehrt sie widerwillig um. Es bleibt ihr nichts anderes übrig, als an ihren Ausgangspunkt zurückzukehren, wo aber auch kein Bahnhof zu finden ist, wie sie bereits zu wissen glaubt, ohne zu wissen, was ihr Ausgangspunkt gewesen sein könnte. So ein Bahnhof kann doch mit all seinen Zügen, Geleisen und Reisenden nicht einfach vom Erdboden verschwinden? fragt sie sich entsetzt.

Die Zeit wird knapp, es dunkelt bereits, und die Meise muss sich beeilen, wenn sie den Zug noch erreichen können will, der sie wieder zurück in die Stadt bringen soll, wo sie die Würmer letztmals aus den Augen verloren hat. In zehn Minuten fährt er unweigerlich ab, und der Bahnhof ist zudem ungewohnt weitläufig und dazu auch noch weit verzweigt und in mehrere Unterbahnhöfe für Lokal- und Regionalzüge aufgeteilt. Da hat es unzählige lange, weiß gekachelte, unterirdische Gänge mit vielen äußerst verwirrenden Abzweigungen, und Massen von gefiederten Passanten eilen pausenlos von da nach dort und strömen von dort nach da; richtige Vogelströme oder Vogelzüge werden durch enge Pforten, zwischen hohe Absperrgitter und über schmale Fließbänder geschleust, kreuzen sich unablässig, treffen aufeinander, trennen sich wieder, werden durch Drehkreuze und über lange Rolltreppen gescheucht, und an zahllosen Zahl- und Zählstellen, Detektoren, Überwachungskameras, Lichtschranken, Prüfstellen und Scannern vorbei werden sie durch sich zischend öffnende, unbequeme Drehtüren gezwängt und über schnelle Rollteppiche gehetzt. Überall befinden sich zudem diese unübersehbaren Leuchttafeln mit all den wichtigen und unwichtigen Anweisungen, doch die Meise hat gar keine Zeit, sich einem genauen Studium all dieser Anweisungen hinzugeben, denn sie muss sich beeilen. Die Zeit reicht gerade noch, nimmt sie mal optimistisch an, um den wartenden Zug zu erreichen, denn immerhin befindet sie sich endlich im gesuchten Bahnhof, von dem sie gar nicht gewusst hat, dass er sich gänzlich unter der Erde befindet.

Genau diese Tatsache hat ihr ihre Suche dermaßen erschwert, doch so kategorisch unterirdisch, wie er tatsächlich ist, ist er ihr gestern Abend bei ihrer Ankunft erstaunlicherweise gar nicht vorgekommen. An diese Möglichkeit hat sie einfach nicht gedacht, und nur deshalb hat sie ihn nicht auf Anhieb gefunden. Wer sucht denn einen Bahnhof unterirdisch, wie ein Maulwurf, besonders einen alten Bahnhof aus der Gründerzeit oder aus der vorletzten Jahrhundertwende mit einem propagandistisch-historisch-allegorischen Expressivspringbrunnen auf dem Platz davor? Wenn man von Bahnhöfen spricht, denkt man doch eher an recht große, oft sogar viel zu große, jedenfalls deutlich sichtbare und enorm dominante Gebäude an den Rändern von historischen Altstädten, oft Monumente des Fortschritts, manchmal sogar aus den Anfangszeiten des Eisenbahnverkehrs, denkt an kühne Stahl- und Glaskonstruktionen oder hat hohe Backsteinbauten mit ausladenden Giebeln und üppigen Simsen vor Augen, mit allerlei überlebensgroßen, figürlichen Darstellungen geschmückt, mit halbnackten, sehr muskulösen römischen Göttern, die ganze Bahnhofdächer stützen, und mit kräftigen, griechischen Göttinnen, die meist strammbusig und nur leicht bekleidet in halber Liegestellung mit ausgestreckten Armen die altertümlichen, schwach beleuchteten Bahnhofsuhren hoch oben an den Fassaden tragen, stützen und eisern festhalten, oder ausladende Simse mit allerlei gemeißelten Symbolen, welche die Schaffenskraft eines ganzen Volkes, einer ganzen Nation, einer diktatorischen Partei oder eines überaus blutigen Diktators preisen, vielleicht sogar in großen, leuchtend goldenen, weithin sicht- und lesbaren Inschriften in historizierenden Schriftformen, die den stolzen Namen der prosperierenden Stadt für zerstreute, verstörte Sing-, Zier-, Zug- und Wandervögel weithin verkünden, für bekackte Vögel wie die Meise, die vorübergehend die Orientierung verloren und sogar vergessen haben, wo sie überhaupt sind. Gülden prangen diese klingenden Na-

men von den breiten Simsen, manchmal
verbunden mit einem instruktiven Zusatz wie
„die Schöne", „die Glückliche" oder „die
Berauschende", wenn nicht gar „die Siegrei-
che", pathetisch „die Unbezwingbare" oder
ganz unbescheiden „die Größte". Vielleicht
steht da aber auch der Name des über-
glücklichen Volkes, das früher einmal angeblich Anspruch auf Fortschritt in Form dieses
eindrücklichen Bahnhofes gehabt haben soll,
das stolzeste Volk aller Völker, das einst
diesen Bahnhof mit seinem Schweiße, mit
seinem Gelde und meist gleich auch noch mit
seinem Blute bezahlt hat und das möglicherweise längst nicht mehr existiert, denn
Völker verschwinden manchmal ebenso
schnell wie Bahnhöfe von der Bildfläche, das
darf man nicht außer Acht lassen, zusammen
mit ganzen Ländern, und zudem sind die
meisten Völker als solche jederzeit aus-
tauschbar und auswechselbar, ja, umtausch-
bar und eintauschbar, wenn nicht gar ersetz-
bar, und zwar im selben Maße, wie sie aus-
löschbar, aufhebbar oder umbenennbar sind,
wie uns die Geschichte in ihrer bizarren

Faktizität seit jeher drastisch gezeigt und auch immer wieder vorgeführt hat.

Es gibt sogar Völker, die es eigentlich gar nie hätte geben sollen oder gar nie hätte geben dürfen, völlig überflüssige Völker also, überzählige Völker und zuweilen reichlich übergeschnappte Völker zudem, die es nimmer verdient haben, auf diesem Erdenrund zu existieren, und es gibt sogar Völker, die es wirklich und tatsächlich gar nie gegeben hat, obschon alle Welt ständig von ihnen spricht. Man kann sich diesbezüglich wirklich nur wundern: puncto Völker ist alles möglich.

Vielleicht weist besagte Bahnhoffassade sogar tempelartige Säulen auf, welche aus der ehemals simplen Bahnstation nichts weniger als einen antiken Ort des heiligen Erschauerns un des mystischen Erbebens machen sollen, einen Ort der religiösen Andacht oder gar der antiken Katharsis, eine Stätte des Ruhms, die zwar nur von den angeblich unerhörten Errungenschaften einer doch eher flüchtigen und ziemlich oberflächlichen Neuzeit geprägt ist; aber man denkt beim Wort „Bahnhof"

gewiss nicht als erstes an eine von der
Erdoberfläche aus gar nicht einsehbare, also
vollständig unterirdische Anlage aus nack-
tem, grauem Beton und geriffelten oder ge-
noppten, pechschwarzen Gummiböden, man
denkt sicher nicht an eine eher unscheinbare
Bunkeranlage im Glanze Tausender gleißen-
der Scheinwerfer, also an eine komplizierte
Gebäudeform, die zudem verschämt in den
Boden versenkt worden ist, als ob ein Bahnhof etwas Peinliches oder gar etwas Unan-
ständiges wäre – das denn doch nicht.

Doch genau dies scheint mit diesem alten
Bahnhof geschehen zu sein; man hat ihn aus
Gründen, die nicht auf den ersten Blick ein-
sehbar, noch ersichtlich sind, einfach als
Ganzes tief unter den Boden verlegt. Die
Meise ist überrascht und betreten zugleich.
Lange hat sie geduldig gewartet, bis der letzte
Rest der sehr gelangweilt und völlig unbe-
teiligt wirkenden Würmerschaft auf dem
Bahnsteig in Zeitlupe angeschlurft kommt,
bis also das überaus träge Gewürm endlich
wieder vollzählig vorhanden gewesen ist, und
als es endlich soweit gekommen ist, ist es

auch schon wieder zu spät gewesen. Noch bevor der ganze Ausschuss endlich auf dem richtigen Bahnsteig angekommen ist, ist der Zug unwiederbringlich abgefahren, denn ein regulärer Zug wartet grundsätzlich nicht auf säumige Reisende, wartet prinzipiell nicht auf unpünktliche Würmer und schusselige Meisen; so lautet nun mal die eiserne Regel des modernen Bahnverkehrs. Das wissen wir alle bestens, oder das sollten wir zumindest alle wissen, findet zumindest die Meise zerknirscht. Sie gibt ja unumwunden zu, dass der Fehler nicht beim Eisenbahnverkehr als solchem liegt; der Zug hat sich ungerührt in Bewegung gesetzt, absolut pünktlich und wie vorgesehen, und jetzt kann man nur noch für ein paar Sekunden dem roten Schlusslicht nachschauen, das immer kleiner wird und bald endgültig im dunklen Tunnel verschwindet. Adieu, du blöde Bahn! Adieu, du blöder Plan! Adieu, du gute Absicht, die immer hinter allem steckt!

*

Die Meise: